MARVEL

PANTERA NEGRA

O JOVEM PRÍNCIPE

Pantera Negra
O jovem príncipe

RONALD L. SMITH

SÃO PAULO
2022
EXCELSIOR
BOOK ONE

© 2021 MARVEL. All rights reserved.
Black Panther: The Young Prince

Tradução © 2021 by Book One
Todos os direitos de tradução reservados e protegidos pela Lei 9.610 de 19/02/1998. Nenhuma parte desta publicação, sem autorização prévia por escrito da editora, poderá ser reproduzida ou transmitida sejam quais forem os meios empregados: eletrônicos, mecânicos, fotográficos, gravação ou quaisquer outros.

Primeira edição Marvel Press: janeiro de 2018

1ª reimpressão – 2022

EXCELSIOR – BOOK ONE
TRADUÇÃO *Cristina Calderini Tognelli*
PREPARAÇÃO *Tássia Carvalho*
REVISÃO *Lucas Benetti e Rhamyra Toledo*
ARTE, ADAPTAÇÃO DE CAPA
E DIAGRAMAÇÃO *Francine C. Silva*
IMPRESSÃO *Coan*
TIPOGRAFIA *Adobe Caslon Pro*

MARVEL PRESS
PROJETO GRÁFICO ORIGINAL *Marci Senders*

Dados Internacionais de Catalogação na Publicação (CIP)
Angélica Ilacqua CRB-8/7057

B365c	Smith, Ronald L.
	Pantera Negra: o jovem príncipe / Ronald L. Smith ; tradução de Cristina Calderini Tognelli. – São Paulo: Excelsior, 2021.
	208 p.
	ISBN: 978-65-80448-43-2
	Título original: *Black Panther : The Young Prince*
	1. Pantera Negra (Personagens fictícios) 2. Super-heróis 3. Ficção norte-americana I. Título II. Tognelli, Cristina Calderini
	CDD 813.6

SIGA NAS REDES SOCIAIS:
@editoraexcelsior
@editoraexcelsior
@edexcelsior
@editoraexcelsior

editoraexcelsior.com.br

Para Adriann Ranta Zurhellen
Uma agente super-heroína

CAPÍTULO 01

O jovem príncipe, cujo perseguidor vinha logo atrás, voou pela floresta.

O coração batia forte nos ouvidos. Porém, não poderia desistir. Não desta vez.

Ao esquivar-se de um galho baixo, chapinhou numa poça lamacenta. O atacante se aproximava. Era quase possível sentir a respiração dele nas costas.

Ali...

Logo adiante, uma árvore caída.

Deu um salto e...

Suas pernas foram puxadas para baixo.

Bateu no chão. Mãos fortes o seguravam pelos tornozelos. Tentou se libertar, mas o inimigo o virou de costas, prendendo-o ao chão úmido da floresta.

– Te peguei – M'Baku sibilou. – Não tem para onde fugir.

O jovem príncipe arquejou em busca de ar.

– Tá bem, tá bem – disse ele. – Você venceu. *Desta vez*. Quer tentar de novo?

M'Baku se levantou e estendeu a mão, puxando o amigo com força.

– Se não fosse aquele tronco... – o príncipe começou a dizer, limpando a sujeira das calças de linho.

M'Baku sorriu afetado.

– Desculpas esfarrapadas... Ganhei de você num jogo limpo, T'Challa.

T'Challa olhou para cima e virou a cabeça de lado.

– Sabia que não é muito inteligente zombar dos seus superiores?

M'Baku fez uma reverência com sinceridade fingida.

– Ó, poderoso príncipe, por favor, perdoe-me pelos meus maus feitos. Sou apenas um leal súdito.

T'Challa revirou os olhos.

M'Baku era o melhor amigo de T'Challa. Faziam tudo juntos – escapavam quando deveriam estar estudando, armavam brincadeiras para cima de vítimas insuspeitas e, às vezes, aventuravam-se até a cidade vizinha, embora um guarda pessoal devesse acompanhar T'Challa em todos os momentos. Como naquela hora.

A expressão do pai era algo que ele jamais esqueceria depois de ter chegado tarde e permanecido fora por horas. *A tribo inteira esteve à sua procura*, dissera o pai. *Existem perigos na floresta, T'Challa. Você deve estar sempre atento.*

Embora levando essa lição a sério, de vez em quando, M'Baku o instigava, desafiando-o a infringir as regras que o rei lhe impunha.

A floresta ao redor deles era vasta, abundante de vegetação verdejante e árvores imponentes que pareciam alcançar o céu. Ao longe, uma cadeia de montanhas se erguia acima das nuvens, com o sol do meio-dia iluminando-lhes os picos brancos.

– Venha – disse M'Baku. – Vamos ver quem chega primeiro ao rio.

T'Challa enxugou o suor da testa com o dorso da mão. Estava cansado, mas não deixaria M'Baku perceber. Agachou-se, pronto para disparar.

– Vamos! – M'Baku gritou.

Os dois dispararam pela floresta, pisando em galhos quebrados e saltando por cima de troncos caídos. Naquele lugar, na companhia do melhor amigo, indo atrás de aventuras e deixando de lado as obrigações da realeza, T'Challa se sentia mais vivo. Ali, ele não era um príncipe, mas apenas um garoto.

M'Baku o ultrapassou, jogando-lhe terra com suas pisadas. T'Challa se forçou a correr mais rápido. No entanto, no momento em que diminuía a distância, M'Baku parou no meio do caminho.

T'Challa desviou no último instante e por poucos centímetros não o acertou. Então se inclinou e apoiou as mãos nos joelhos, sem fôlego.

– Por que parou?

M'Baku levantou a mão lentamente e apontou.

– Olha ali.

A poucos metros, havia um homem largado no tronco de uma árvore. Embora usasse uniforme militar, era um completo desconhecido para T'Challa.

– Está morto? – M'Baku sussurrou.

Sem responder, T'Challa avançou alguns passos. Notou a perna enfaixada do homem através da calça rasgada e empapada de sangue.

– Socorro – ele gemeu. – Por favor. Me ajudem.

T'Challa, desconfiado, deu mais um passo. Não conhecia o sujeito, mas o pai sempre lhe dissera para ajudar os necessitados.

Um barulho nas moitas fez os amigos pararem.

M'Baku se assustou.

– O que foi isso?

T'Challa, porém, não teve tempo de responder, pois quatro figuras surgiram do meio das árvores.

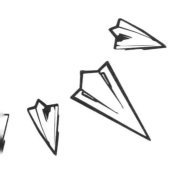

CAPÍTULO 02

Todas eram altas. E todas mulheres. Marcas tribais decoravam seus rostos. Lá estavam as Dora Milaje, guardas pessoais do rei e as guerreiras mais destemidas do país.

Nos pescoços e braços, reluziam braceletes de ouro e prata. As lanças afiadas brilhavam sob o sol que atravessava o dossel formado pelas árvores acima. T'Challa já vira aquelas lanças, e sabia que também funcionavam como gigantes bastões equipados com descargas elétricas.

Ficou tenso.

— Meu príncipe — disse uma delas, dando um passo adiante com uma leve mesura e levando a mão direita ao coração. — O rei exige a sua presença.

T'Challa surpreendeu-se.

— Este homem... — começou a dizer — ele precisa de ajuda. Foi espancado ou...

— Cuidaremos dele — afirmou a mulher, sem qualquer indício de empatia.

O sujeito tentou se levantar, mas uma das Dora Milaje o deteve, apontando-lhe a lança no pescoço.

– Não me deixem com elas – o desconhecido implorou, com olhos arregalados. – Por favor!

Apesar de T'Challa não querer sair dali, tinha de atender à ordem do pai, ainda que sentisse pelo homem e pelas condições em que se encontrava. Virou-se para M'Baku: – Eu te vejo mais tarde. Tenho que...

– Ele também foi convocado – a mulher o interrompeu. – Os dois foram. – Lançou um olhar enviesado na direção de M'Baku. – *Agora*.

O jovem príncipe hesitava a cada passo.

– O que ele quer comigo? – M'Baku sussurrou. Na voz, uma pontada de medo.

– Não sei – T'Challa respondeu. Estava ocupado pensando no que poderia ter acontecido ao homem machucado. Parecera aterrorizado. *Teria sido um animal selvagem? Um leão? O que fazia na floresta?*

A aglomeração densa de árvores à frente começou a diminuir até revelar uma cena que apenas poucos do mundo externo já haviam presenciado. Estruturas altas e imponentes dominavam o espaço fora da floresta. Não apenas arranha-céus. Eram curvas e arremetiam, giravam e viravam, e pareciam desafiar as leis da física. A luz do sol, refletindo nas superfícies de aço e metal, iluminava parcialmente as árvores que as cercavam. Seria uma imagem estranha para alguém não acostumado ao cenário – uma cidade futurística erguendo-se de uma floresta –, mas aquele não era um lugar comum. Era Wakanda, a nação tecnologicamente mais avançada na face da Terra, governada por T'Chaka, o Pantera Negra e Rei de Wakanda, a Cidade Dourada.

As Dora Milaje pararam diante do Palácio Real com as pontas das lanças para baixo. A estrutura toda se erguia do chão como um orbe gigante, com uma única porta emoldurada em ouro e jade, da qual a escuridão parecia chamar. T'Challa se virou para M'Baku e, em seguida, os dois garotos a atravessaram.

Os passos de T'Challa ecoaram. O piso de jade negro e muito bem lustrado lançava um reflexo sombrio de volta para ele.

Do outro lado do cômodo, havia uma placa imensa de obsidiana entalhada na forma de uma pantera pronta para atacar. Sua cor, mais que preta, tingia-se de um matiz escuro lustroso sem igual. Nos olhos, a característica mais intimidadora – duas pedras rubras que pareciam perfurar até a alma de T'Challa. Quando criança, temia aqueles olhos, mas naquele instante os via como um lembrete de sua nação – forte e sempre alerta.

Mais adiante, vislumbrou o pai sentado no Trono da Pantera, cuja superfície se recobria de pedras brilhantes e metais raros. Um dia, o trono seria de T'Challa – caso ele passasse pelos testes extenuantes e ganhasse o título cerimonial de Pantera Negra.

A presença do pai parecia absorver todo o ar do ambiente, e os adultos abaixavam a cabeça num gesto de reverência. O rei vestia os mantos e as insígnias da Tribo da Pantera, a cor das vestes se alterando à medida que T'Challa se aproximava.

Mas o pai não estava sozinho.

Ao lado dele se posicionava N'Gamo, pai de M'Baku e conselheiro de guerra do rei.

M'Baku inclinou a cabeça ao parar diante do rei, relanceando, em seguida, para o pai, que permanecia imóvel, como um soldado entalhado em madeira.

O Rei de Wakanda se ergueu do trono. Um homem grande, com ombros largos e fortes, nos quais repousava o peso da nação.

– Filho – ele começou a dizer –, M'Baku. Por onde andaram?

Ao som da voz do rei, as tochas nas paredes tremeluziram, como se apenas ela bastasse para extingui-las.

T'Challa engoliu em seco.

– Na floresta, pai. Brincando. Terminei os estudos e todas as minhas lições estão feitas.

O rei assentiu lentamente. Então olhou para M'Baku e depois desviou o olhar para T'Challa.

– Eu os chamei aqui porque há confusão sendo tramada no reino.

N'Gamo por fim se mexeu.

– Meus espiões receberam relatórios perturbadores a respeito de invasores desconhecidos em nossas fronteiras. Interceptamos algumas de suas transmissões.

O coração de T'Challa disparou.

– Vimos um homem estranho que foi ferido por um animal. Não era wakandano. É um deles?

– Ele será interrogado – respondeu o Pantera Negra –, e certamente descobriremos a verdade.

N'Gamo emitiu um sorriso sério.

– Quem são eles? – T'Challa perguntou. – De onde vêm?

O Pantera Negra relanceou brevemente para M'Baku antes de voltar a atenção para T'Challa.

– Eu lhe direi, quando for a hora. Mas, por enquanto, você deve permanecer em segurança. Se há guerra em nosso horizonte, não deixarei sua vida correr perigo. Sendo assim, por enquanto, estou enviando-o para longe.

T'Challa engoliu nervosamente. Com certeza ouvia coisas.

– Você o acompanhará – N'Gamo informou M'Baku. – Talvez ambos cuidem um do outro sem se meterem em muitos apuros.

T'Challa deu um puxão no colarinho, mas, antes de fazer outra pergunta, M'Baku perguntou timidamente, desviando o olhar do rei:

– Para onde? Para onde iremos?

O rei se sentou. No dedo do monarca brilhou um anel, um simples anel de prata, embora T'Challa soubesse que era muito mais do que isso.

– Tenho conhecidos nos Estados Unidos – respondeu. – Conheço um lugar onde vocês estarão a salvo.

Estados Unidos, pensou T'Challa. Já ouvira falar dessa terra distante, mas o povo de Wakanda raramente viajava para lá, preferindo nunca deixar o reino. Tudo de que precisavam estava bem ali, inclusive o vibranium, a fonte de riqueza e de renda deles.

T'Challa lançou um olhar furtivo para M'Baku, que parecia paralisado.

– *Onde* nos Estados Unidos? – perguntou.

– Vocês irão para Chicago – o pai respondeu.

T'Challa ergueu uma sobrancelha.

– Chicago? – Tentou se lembrar de qualquer informação a respeito da cidade, mas não conseguiu.

– Sim – afirmou o Pantera Negra.

– Nós os matriculamos numa escola – N'Gamo informou. – A Escola de Ensino Fundamental South Side. Vocês assumirão novas identidades.

T'Challa movimentou a cabeça.

– Uma escola normal? – aventurou-se a perguntar. – Com *crianças* normais?

– Tenho muitos inimigos – disse o rei. – E não permitirei que eles saibam do seu paradeiro. Portanto, vocês se passarão por estudantes de intercâmbio do Quênia. Meus amigos na Embaixada das Nações Africanas serão o seu disfarce.

T'Challa franziu o cenho, mas procurou não demonstrar espanto. O pai dissera a verdade; a vida inteira se habituara à cautela. O rapto de um jovem príncipe tornaria um criminoso muito rico. Se, pensou ele, o pai não o destruísse primeiro.

– Vocês partirão em poucos dias – informou o rei. – Mas, primeiro, teremos um banquete em sua homenagem.

Chicago, pensou T'Challa, e por fim se lembrou de algo sobre a cidade.

Diziam que lá fazia muito frio.

CAPÍTULO 03

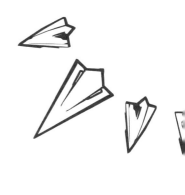

– Estados Unidos! – M'Baku gritou num sussurro quando saíram do Palácio Real. – Dá para acreditar nisso?

– Quer dizer que você *quer* ir? – T'Challa perguntou.

M'Baku parou.

– Claro que quero! Conseguiremos fazer tudo o que quisermos, sempre que quisermos.

T'Challa percebeu que M'Baku tinha razão. Mas deveriam esconder suas identidades, e isso não seria muito divertido.

– Ah, já entendi – M'Baku disse, cruzando os braços e exibindo um sorriso afetado. – Você não receberá o tratamento da realeza lá porque ninguém vai reconhecê-lo. Terá que viver como nós, gente do povo. Sem desejos e necessidades atendidos.

T'Challa ficou pasmo.

Seria esse o motivo? Seria mesmo um garoto mimado que não conseguia nem sequer suportar a ideia de viver sem todos os seus privilégios?

– Não é isso – negou. – Quero ir. Mas, se Wakanda está sendo ameaçada, eu deveria estar aqui, com o meu pai, para lutar ao lado dele se for preciso.

– Não se preocupe – tranquilizou M'Baku. – Terá bastante tempo para lutar quando se tornar o próximo Pantera Negra.

T'Challa parou. A luz do entardecer brilhava nas montanhas ao longe, e ele sentiu o sol no rosto.

– Isso ainda vai demorar – retrucou pensativamente.

M'Baku deu-lhe um tapa nas costas.

– Chega de conversa – disse. – Quer apostar corrida até a praça do centro?

T'Challa sorriu. M'Baku era competitivo demais até para o seu próprio bem.

– Vamos! – exclamou o jovem príncipe.

Depois de dar boa noite a M'Baku – que, de novo, para desalento de T'Challa, ganhou a corrida –, o jovem príncipe se dirigiu para o quarto, separado dos aposentos reais do pai. Como tudo em Wakanda, o cômodo era um misto de tecnologia de ponta com a natureza. Havia uma cama ampla, com lençóis e travesseiros feitos dos mais finos tecidos; imagens em alta definição do interior de Wakanda apareciam em telas planas embutidas nas paredes; e esculturas tribais adornavam pedestais e pequenas colunas. Sob os pés, um carpete macio feito de grama tecida.

T'Challa sentou-se na cama e suspirou.

Wakanda era o único lar que conhecia, e o amava mais do que tudo no mundo. As florestas, as pessoas, a própria cultura faziam parte dele. Uma parte que não desejava perder.

– Chicago – disse em voz alta e, em seguida, tocou numa conta de seu bracelete Kimoyo. Para um forasteiro, o objeto se pareceria com uma simples pulseira de contas pretas ao redor do pulso. Mas, para o povo de Wakanda, significava muito mais. Ao nascer, toda criança recebia um bracelete Kimoyo. Cada conta tinha um propósito, desde armazenar dados médicos até tirar fotografias ou projetar uma tela de informações flutuantes, algo semelhante a uma página da web, mas suspensa no ar.

T'Challa observou milhares de minúsculos pontos pretos girarem da conta e se unirem para formar uma imagem do perfil de Chicago e das margens do rio. Bast, sua gata preta, surgiu no corredor e saltou sobre a cama, cutucando-o com a cabeça em busca de um carinho atrás das orelhas. T'Challa a atendeu.

– Vou sentir saudades, minha pequena – disse.

Bast ronronou profundamente, alongando o pescoço ao encontro dos dedos de T'Challa. Por um momento, ele sentiu os olhos marejarem, mas rapidamente deu uma tossidela e fingiu que nada acontecera.

Então se virou para a tela. Em poucos minutos, soube que Chicago era famosa pelos esportes em equipe, pela música e pela comida. A cidade, situada às margens do lago Michigan, era conhecida pelos invernos rigorosos e pelos ventos fortes e gélidos, algo a que T'Challa certamente teria que se acostumar. Wakanda, ao contrário, estava sempre quente e ensolarada.

Ele passou a mão pela imagem, que piscou ao se apagar. Bast saltou da cama e miou.

– Quer sair para um passeio? – T'Challa perguntou.

Do lado de fora, T'Challa ergueu o rosto para o céu noturno. Uma lua crescente brilhava com intensidade em um vasto campo negro, cercada por reluzentes estrelas. Fazia calor, como sempre, e ele ficou contente por estar com roupas folgadas, que lhe permitiam se refrescar um pouco com a brisa. Talvez fosse mergulhar no lago próximo, pensou, embora houvesse boatos de que um grande crocodilo rondava os juncos por ali noite adentro, à procura de uma vítima tola que decidisse se banhar à meia-noite.

Talvez não, resolveu ele.

Em vez disso, optou por seu lugar predileto, distante da confusão do centro da cidade. Ele o chamava de seu oásis, um charco salgado cercado por árvores e plantas perfumadas. Amava ficar em meio aos zimbros africanos e às orquídeas leopardo, aos jacintos da água e aos jasmins adocicados. Pequenas criaturas se mexiam nos arbustos, pássaros noturnos piavam e, de vez em quando, um leão rugia ao longe.

T'Challa olhou na direção do céu. Pensou nas histórias que ouvira do pai ainda criança. Há milhares de anos, o pai lhe dissera, um grande meteoro atingira Wakanda, e, em meio à fumaça e aos escombros ardentes, algo foi encontrado, algo que mudaria o futuro do país.

Tratava-se de um metal que absorvia energia e vibrava ao ser mais bem examinado. Ao criar armas com ele, os guerreiros de Wakanda descobriram que era mais forte do que qualquer outro mineral, pedra preciosa ou metal já visto. Deram-lhe o nome de vibranium.

Havia, porém, um ponto negativo.

O local de impacto tornou-se radioativo, e muitos dos wakandanos supostamente se transformaram em espíritos demoníacos. Foi então que o grande guerreiro Bashenga orou para a Deusa Pantera, Bast, em busca de forças para derrotá-los. Ele se tornou o primeiro Pantera Negra, e sua linhagem seguiu até o pai de T'Challa e ele próprio.

T'Challa exalou o ar. Havia outra história que o pai lhe contara, a qual costumava recordar quando se sentia sozinho ou melancólico. Envolvia sua mãe, N'Yami, que morrera após lhe dar à luz. Segundo o pai, ela era uma verdadeira rainha para Wakanda, bela e forte. Às vezes, T'Challa a imaginava caminhando de mãos dadas com o pai em meio ao povo, ambos orgulhosos e amados por todos.

Eu queria tanto ter te conhecido, mãe.

Um barulho nas moitas o fez se virar.

– Quem está aí?

Tudo ficou tranquilo por um instante, até uma figura surgir do bosque que cercava o oásis.

– Pensei que o encontraria aqui... *irmão.*

T'Challa se empertigou.

– O que está fazendo aqui?

Hunter se aproximou com um balanço indolente.

— Sempre sei onde encontrá-lo. Você é tão barulhento quanto um elefante.

T'Challa se irritou. Seu irmão adotivo mais velho era conhecido como um dos melhores rastreadores de Wakanda, mesmo quando mais jovem.

— Sei que está de partida — Hunter prosseguiu. — Papai me contou.

Ele já sabe?

Hunter exibiu um sorriso nada amigável.

— Não se preocupe. Quando a luta começar, estarei ao lado do nosso pai, e não me escondendo nos Estados Unidos.

T'Challa cerrou os punhos, a pulsação acelerada. Era sempre assim com Hunter, um tentando levar a melhor sobre o outro, em busca da simpatia do rei.

— Ir embora não foi decisão minha — T'Challa disse. — Se dependesse de mim, eu ficaria. Não tenho medo de lutar.

Hunter gargalhou e se aproximou de T'Challa, parando a poucos centímetros do irmão. Os olhos verdes de Hunter brilhavam com uma luz fria.

— Diga o que quiser, irmãozinho. Mas, enquanto estiver fora, eu manterei o seu trono real aquecido.

Em seguida, virou-se e desapareceu no bosque.

T'Challa fumegava. A ferroada das palavras ardia fundo. Mas era isto o que Hunter fazia de melhor: entrar em sua pele para irritá-lo. *Eu sou o verdadeiro filho do nosso pai*, ele pensou. *Não você.*

Relembrou a história contada pelo pai há muito tempo. Hunter era um órfão, o único sobrevivente da queda de um avião no qual o pai e a mãe dele morreram. Apesar de muitos wakandanos não o aceitarem por causa da pele branca, o rei o acolhera e o criara como filho.

Você jamais será o Pantera Negra, T'Challa pensou. *Isso é meu direito por nascença e por sangue.*

O príncipe olhou para baixo. Bast lhe rodeava as pernas, ronronando audivelmente. Ele se abaixou e a pegou no colo, retornando para o quarto com as palavras de Hunter ecoando nos ouvidos.

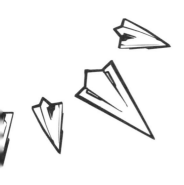

CAPÍTULO 04

Nos dias seguintes, T'Challa manteve-se muito ocupado. Além de preparar as malas com todas as suas roupas – o que os garotos vestiam por lá? –, precisou concluir as aulas com seus tutores. Ser filho do rei significava ter todas as aulas no Palácio Real. Também havia tarefas que acompanhavam o título de príncipe. E, embora fossem as suas menos favoritas, não havia como se esquivar delas. O pai as chamava *de Assuntos de Estado*.

Com frequência, quando o rei recebia visitantes, T'Challa vestia roupas formais e permanecia de pé ao lado do pai, como se também estivesse decidindo questões importantes. Isso não era verdade, claro – não passava de uma demonstração de unidade por parte da família real. M'Baku costumava caçoar dele por tantos elogios e atenções recebidos sem ter feito absolutamente nada. Príncipe Sortudo, ele o chamava. Na maioria das vezes, T'Challa não se importava muito, mas, às vezes, isso o irritava bastante.

A notícia de que o príncipe partiria se espalhou em Wakanda com rapidez. O pai chamara aquilo de viagem de descobrimento, e dissera que o filho viajaria para o exterior a fim de aprender a respeito do vasto mundo, embora T'Challa achasse que o rei não queria que nem o próprio povo soubesse o real paradeiro do jovem. Quão perigosa seria essa ameaça a que se referira o pai? Precisaria perguntar antes de partir para os Estados Unidos.

Estados Unidos.

Lembrou-se uma vez mais da estranheza de tudo aquilo. Só lhe restava esperar que ele e M'Baku conseguissem se adaptar.

No dia anterior à comemoração, T'Challa e M'Baku foram ao centro da cidade. Os preparativos já estavam encaminhados. Montavam-se pavilhões a céu aberto, e T'Challa se admirou com os talentos artísticos expostos pelos wakandanos. Algumas estruturas eram feitas de metal tão fino quanto papel, mas se curvavam e dobravam em formatos sofisticados. Outras ostentavam largas faixas de tecido amarelo e vermelho em armações imensas, decorando os topos com grandes espigões. Mas o que roubou seu fôlego foi uma pirâmide que parecia de vidro, reluzindo ao sol.

— Tudo isto é para você, meu amigo — comentou M'Baku, fazendo um gesto amplo no ar.

— Bem, para você também — T'Challa rebateu. — É para nós dois.

M'Baku franziu o cenho.

— Ah. Fique repetindo isso para si próprio.

T'Challa balançou a cabeça.

— O seu pai é do alto escalão militar. Um conselheiro próximo ao rei. O seu bem-estar é tão importante quanto o meu.

M'Baku assentiu, mas logo seus olhos se iluminaram.

— Ei, tive uma ideia. Quando estivermos lá, talvez eu possa ser o príncipe e você, o mendigo.

— Muito engraçado — retrucou T'Challa. — Você é mesmo muito engraçado.

Naquela noite, T'Challa encontrou o pai no palácio para mais informações sobre a viagem. Entrou na sala do trono no momento em que outro homem saía; um sujeito barbeado e imenso, braços e pernas grossos como troncos de árvores. Assentiu respeitosamente na direção de T'Challa e depois se retirou do local.

T'Challa ouviu as passadas do homem se distanciando pelo corredor. Depois de esperar mais um instante, largou-se numa das muitas cadeiras e esticou as pernas diante do corpo. Esfregou a testa.

– Cansado? – o pai perguntou.

T'Challa ergueu o olhar.

– Na verdade, não. Só estava pensando em como vai ser em Chicago. – Mudou de posição na cadeira. – Por que a escolheu? Por que não Nova York ou alguma outra cidade?

O Pantera Negra acomodou o queixo nas mãos.

– Passei um tempo em Chicago quando jovem, estudando e aprendendo sobre o mundo fora de Wakanda. Descobri que as pessoas lá eram simples e honestas. Acho que também descobrirá isso.

– Quero muito conhecer Nova York um dia – T'Challa disse.

O pai assentiu.

– Chicago é fria, T'Challa, mas Nova York pode ser ainda mais fria se uma pessoa não encontra o seu caminho. Estou certo de que se sairá bem na Cidade dos Ventos. Além disso, a Embaixada das Nações Africanas sabe quem somos e está se preparando neste exato momento. Você estará em boas mãos.

– Mas e essa ameaça? – T'Challa o desafiou. – Eu deveria estar aqui, ao seu lado... no caso de uma guerra.

– O dever de um filho é obedecer ao pai – afirmou o rei.

– E quanto ao Hunter? – T'Challa insistiu. – Ele vai ficar. Por que não posso...

– Hunter não faz parte da linha de sucessão ao trono. Ele não tem o sangue da Tribo da Pantera. Você sabe disso.

T'Challa olhou para baixo.

Quando a luta começar, estarei ao lado do nosso pai, e não me escondendo nos Estados Unidos.

– Você tem um destino diferente, meu filho – o rei declarou. – Fará bem ficar afastado. Se vier a liderar, precisará entender as esperanças e os sonhos das pessoas de todos os estilos de vida, de todo o mundo. Isso o tornará um líder melhor quando assumir o governo.

T'Challa encarou o pai, cuja face parecia entalhada em ônix, todos os ângulos agudos e proeminentes. Apesar de ser um rosto duro, facilmente se rompia num sorriso, ainda que fosse uma ocorrência rara. Felizmente T'Challa vira isso diversas vezes.

– E quanto aos invasores? – perguntou. – Descobriu algo mais?

O rei franziu o cenho.

– Creio que seja um homem chamado Ulysses Klaw, mas não tenho certeza. É um cientista desgarrado e sempre quis ter acesso ao nosso estoque de vibranium.

– Klaw – T'Challa sussurrou. – De onde ele vem? É para ele que o prisioneiro trabalha? O que o senhor fará com ele?

As linhas na testa do rei se aprofundaram.

– Quanto menos você souber, mais seguro estará por ora, T'Challa.

O jovem se afundou na cadeira. Sempre se sentia à parte dos assuntos mais interessantes do reino, das intrigas e das manobras políticas. Por que o pai o tratava como criança?

– E agora – disse o rei, cruzando os dedos – chega de conversar sobre problemas. Está disposto a uma partida de xadrez? Nossa última?

– Claro – T'Challa respondeu, sentando-se ereto. – Fico com as pretas.

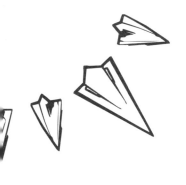

CAPÍTULO 05

T'Challa ouviu as batidas dos tambores primeiro – um *bum, bum, bum* percussivo, acentuado por sinos, apitos, chocalhos, marimbas e um balafon, instrumento semelhante ao xilofone. A música se dissipou no céu noturno repleto de estrelas. Mais do que um ritmo tribal, aquilo estava enraizado na história de Wakanda – uma canção dos ancestrais, cada nota e cada acorde com um significado.

T'Challa exalou um sopro forçado. Durante o dia inteiro, parecia haver um enxame de abelhas em seu estômago. Enfim a hora chegara.

M'Baku, ao lado do amigo, balançava no ritmo da música.

– Pronto para festejar? – perguntou.

T'Challa assentiu distraidamente.

– Ei, alguém aí? – M'Baku quis saber.

T'Challa se concentrou no momento.

– Sim – respondeu. – Está na hora. Vamos lá.

– Um por todos e todos por um, certo? – M'Baku perguntou.

– Certo – T'Challa concordou, ao mesmo tempo em que abriam caminho para o grupo reunido.

Os garotos subiram uma pequena colina, que levava ao vale onde as festividades ocorriam. Havia tochas a cada poucos metros fazendo tremeluzir a cor laranja no escuro. T'Challa sentiu a vibração da música percorrendo-lhe a coluna. Um mar de pessoas se movia num ritmo ondulado – milhares delas, todas em vestes tradicionais, formando um exuberante vestuário colorido – vermelho-rubi e verde-esmeralda, violeta e amarelo-limão. T'Challa observou a cena com atenção. Trovadores, malabaristas, dançarinos e cantores – até mesmo mágicos surgiram para se apresentar para as crianças presentes. A bandeira do país – o rosto orgulhoso de uma pantera num campo de vermelho, preto e verde – acenava em todos os cantos.

Mas, em meio à festança profusa, uma sensação de intranquilidade tomava T'Challa, que notava os preparos para uma possível invasão nas fortificações de aço e concreto ao redor das entradas da cidade. Atiradores de elite empoleiravam-se nas torres das antenas. Esquadrões de guerreiros patrulhavam as ruas, e a quantidade de Dora Milaje parecia ter duplicado nos últimos dias.

Uma tempestade de aplausos irrompeu quando a multidão avistou T'Challa. Ele, porém, quis desaparecer. Pedira ao pai autorização para chegar ao seu próprio modo, sem fanfarra, o que o rei aceitara com relutância, mas toda aquela comoção o colocava sob os holofotes. Gritos de "príncipe" e "jovem pantera" percorriam todo o vale.

M'Baku revirou os olhos e, no momento em que uma nova melodia percorreu a multidão, empurrou o amigo para o meio deles. T'Challa rapidamente se endireitou. Apesar de não ser muito bom dançarino, assim que diversas pessoas o circundaram, só lhe restou tentar fazer o seu melhor. Sentia-se desajeitado, algo estranho para ele, pois em geral era um dos garotos mais fisicamente capazes no reino. Aquilo, porém, era uma dança, uma coisa absolutamente estranha para T'Challa. Ainda assim, por alguns breves instantes, sua hesitação quanto à viagem pareceu abandoná-lo.

Até que viu uma figura solitária apoiada numa coluna, sorrindo afetadamente.

Hunter meneou a cabeça.

– Ah, como o jovem príncipe dança bem – disse.

T'Challa se afastou do grupo que o cercava, aproximando-se do meio-irmão.

– Você não sabe quando parar, não é?

Hunter ergueu os braços e gesticulou para as festividades em homenagem a T'Challa.

– Tudo isto é para você, irmãozinho. Mas você não merece. Reis não fogem.

T'Challa sentiu pontadas na nuca.

– Não estou fugindo. Estou obedecendo ao meu rei. – E pensou no que o pai lhe dissera: *o dever de um filho é obedecer ao pai.*

Hunter meneou a cabeça muito lentamente, como se desgostoso.

– Chame isso como quiser, mas todos sabem o que de fato é. Está com medo, T'Challa. Admita. Vai se sentir melhor quando arrancar isso do peito.

A raiva tomou conta de T'Challa, que cerrou os punhos. Cansara-se de insultos.

Hunter mantinha-se de pé com os braços cruzados. Atrás dele, alguns de seus amigos se assemelhavam a um grupo de segurança particular.

– Talvez você devesse voltar à sua dança – Hunter o provocou. – Sabe, ficar naquilo que é bom.

T'Challa rosnou e se agachou, depois saltou, tirando as pernas de Hunter debaixo dele.

O meio-irmão balançou para trás e se virou num ímpeto, por pouco não acertando T'Challa, o que lhe permitiu socar o outro no estômago. A música diminuiu, e a multidão começou a perceber a briga entre os dois garotos que davam voltas um ao redor do outro.

T'Challa exalou pelas narinas e atacou Hunter, levando-o ao chão. Formaram uma confusão de braços e pernas, chutando e socando. A multidão se amontoou e começou a gritar.

T'Challa saiu de baixo de Hunter e levantou-se com rapidez, assim como o irmão, já pronto para um novo ataque.

– *Basta!*

T'Challa congelou.

Só existia uma voz forte assim, e T'Challa sabia a quem pertencia.

Observou o pai, o Rei de Wakanda, se erguer de seu assento. Posicionou-se entre duas estátuas de pantera e cruzou os braços. Silêncio imediato. Em seguida, com um simples aceno, fez a música recomeçar.

Mesmo sem serem chamados, T'Challa e Hunter se aproximaram do pai, como crianças. Ambos sem ar, a respiração em sopros curtos.

O rei olhou para os filhos com reprovação.

– Vocês dois são velhos demais para isso – disse. – Não tolerarei mais esse comportamento. Entenderam?

– Hunter me ofendeu – T'Challa ralhou. – Ele...

O rei ergueu uma mão, e T'Challa engoliu a raiva.

– Desculpe-se com Hunter, T'Challa – o rei exigiu.

O jovem príncipe não conseguia acreditar.

– Nem fui eu quem começou!

Um músculo da mandíbula do rei se retesou.

T'Challa suspirou, depois se virou e estendeu a mão.

– Sinto muito – disse com secura.

O rei olhou para Hunter.

– Vocês não têm o mesmo sangue, mas são ligados pela família. Desculpe-se com seu irmão, Hunter.

Hunter parecia querer estrangular T'Challa, mas, em vez disso, estendeu a mão com falsa sinceridade.

– Me desculpe, irmãozinho. Eu estava errado. Por favor, aceite as minhas desculpas.

T'Challa apertou a mão de Hunter, e, por mais que quisesse esmagá-la, apenas lhe deu um aperto forte.

– Desculpas aceitas – disse.

– Agora – continuou o rei – isto deveria ser uma comemoração. Quero que vocês aproveitem o resto da noite. Chega de brigas. Entendido? Devem dar o exemplo para o nosso povo.

Os garotos trocaram olhares venenosos e se viraram para sair dali.

– T'Challa – o rei o chamou.

O jovem se virou novamente, e o pai apontou com a cabeça para seu lugar à mesa, repleta de comida. Hunter lançou-lhe mais um olhar destruidor e desapareceu em meio à multidão. As Dora Milaje nas proximidades, embora como estátuas, pareciam capazes de saltar à vida num instante.

O Pantera Negra se sentou, e T'Challa se juntou a ele. Por um longo momento, o rei apenas fitou o filho.

– O que aconteceu? – perguntou por fim.

T'Challa queria esquecer o assunto, mas as palavras acabaram saindo rápido demais.

– Ele diz que sou covarde. Que estou fugindo para me esconder. Diz que eu deveria ficar e lutar.

Então abaixou a cabeça e estudou as mãos.

O rei assentiu.

– Muitos homens tentarão combatê-lo com palavras, T'Challa, mas elas não podem afastar um homem de seus deveres.

O jovem suspirou. O pai sempre se expressava por meio de enigmas.

– Quer dizer, então, que eu deveria apenas ignorá-lo?

– Um homem sábio faria isso – o rei respondeu. – Você tem força de vontade e uma boa cabeça, mas Hunter é impulsivo. Ele não pensa à frente. É por isso que um dia você será o rei.

Ouvindo o pai, T'Challa lembrou-se de seu destino. Se seria o Rei de Wakanda, teria que agir de acordo.

– Tentarei fazer o meu melhor, pai – prometeu.

A música recomeçara, e a multidão voltara a dançar e a celebrar.

– Tenho algumas coisas para a sua viagem – disse o rei, suavizando o momento.

Esticou a mão para a lateral do assento e puxou uma caixa preta incrustada de pedras preciosas. O objeto se abriu sem qualquer barulho das dobradiças.

– Aqui estão algumas coisas de que poderá precisar se estiver numa emergência.

T'Challa espiou o interior da caixa forrada de veludo. A princípio, não viu nada, mas, após um instante, algo pareceu brilhar como mercúrio negro, com indícios de prata percorrendo-o por inteiro. *Apenas uma coisa se parece com isso*, pensou. *Mas não podia ser*. Ele não estava pronto.

De dentro da caixa, o pai puxou um tecido que se desdobrou como uma onda negra. Os olhos de T'Challa se arregalaram. Era um traje, como o do pai. O traje do Pantera Negra.

O rei notou a surpresa do filho.

– Foi feito por uma equipe dos meus mais brilhantes cientistas. Embora não possua todas as propriedades daquele que eu visto, será capaz de protegê-lo em caso de emergência.

– Mas pensei que o traje só pudesse ser usado pelo Pantera Negra atuante – T'Challa disse, maravilhado. – E quanto à erva-coração? Também a levarei comigo?

O rei quase gargalhou.

– Não, meu filho. Se não estiver preparado, ela destruirá sua mente e seu corpo.

A erva-coração era o último teste a que T'Challa teria que se submeter para se tornar o Pantera Negra. Após diversas tarefas intimidadoras, aplicava-se o suco da erva no corpo do candidato, conferindo-lhe força sobre-humana, habilidades extrassensoriais e resistência para enfrentar quaisquer inimigos.

– Esse dia chegará – o pai esclareceu. – Mas, por enquanto, podemos fazer uma exceção, não concorda? – T'Chaka entregou o traje ao filho.

O jovem príncipe o recebeu com reverência. O material era preto e flexível, mais forte que o couro e mais macio que a seda.

– Ele está forrado com vibranium – T'Chaka informou – e o protegerá de muitos perigos.

T'Challa se sentia hipnotizado pelo traje. Estava certo de que a peça inteiriça se ajustaria ao seu corpo tal qual uma luva. Havia também uma máscara, que ele usaria por cima dos olhos. Mal podia esperar para experimentá-la.

Algo dentro de T'Challa começou a tomar forma. Uma tração que lhe percorria o corpo todo, como uma onda lavando a praia. Já a sentira antes, e agora sabia do que se tratava – o chamado da natureza.

– T'Challa?

O garoto ergueu a cabeça.

– Não o use a menos que seja uma emergência. Entendeu?

O jovem assentiu distraidamente, ainda hipnotizado pelo estranho material.

– Tome – disse o pai. – Há algo mais que você deveria ver.

O rei colocou a mão dentro da caixa. O coração de T'Challa batia forte. *O que mais haveria ali?*

Então lhe entregou um objeto, um anel com uma pedra brilhante incrustada no meio, semelhante ao olho de um gato.

– Mandei fazerem isso especialmente para você, T'Challa. Um anel de vibranium, uma lembrança do seu lar.

T'Challa sentiu o peso do anel na palma e o deslizou pelo dedo.

– O anel se encaixa no dedo de um verdadeiro filho de Wakanda – afirmou o pai com orgulho. – Exatamente o que você é.

T'Challa esticou os dedos e admirou o anel, que reluzia como uma tocha.

– Lembre-se disso, meu jovem príncipe. Sempre.

– Eu me lembrarei, pai.

– T'Challa – o pai disse, a voz num tom grave. – Use o traje do Pantera Negra apenas se não houver outra escolha. Entendeu?

– Entendi.

– Ótimo. Agora, encontre M'Baku. O avião de vocês parte pela manhã.

T'Challa admirou o anel mais uma vez. Em seguida fitou a multidão da perspectiva do assento do pai à mesa, posicionada acima da comemoração. *Um verdadeiro filho de Wakanda*, pensou ele. *É isso o que sou. Conduzirei este povo um dia, não importa o que Hunter diga.*

E jurou jamais se esquecer disso.

CAPÍTULO 06

T'Challa olhou pela janela do avião. O cenário era tão vibrante quanto uma pintura. Ele ainda avistava os espirais brilhantes e a arquitetura ornamental da Cidade Dourada.

O avião era pilotado por J'Aka, um dos maiores conselheiros do pai. Aquela máquina de ponta equipada com tanta tecnologia fazia a cabeça do príncipe girar: sensores em infravermelho, lasers de raios-X, refletores, giroscópios, torres giratórias armadas e redes de arame de longa extensão que podiam ser lançadas de uma escotilha para apanhar e capturar inimigos.

A movimentação silenciosa do avião o tranquilizou. Havia duas comissárias de bordo para cuidar de quaisquer necessidades de T'Challa; bastava ele apertar um botão. Na bandeja ao seu lado, uma garrafa de água de uma nascente em Wakanda e um telefone/aparelho de busca que provocaria inveja no Vale do Silício caso soubessem de sua existência. O jovem príncipe se recostou e aproveitou o momento, percebendo que demoraria um pouco para desfrutar desses pequenos luxos da vida novamente.

– Acorda.

T'Challa abriu os olhos meio entontecido, mas voltou a fechá-los.

– T'Challa, estamos quase chegando. Acorda.

Ele se sentou ereto, sem saber onde estava. M'Baku se inclinou sobre o amigo, a poucos centímetros do seu rosto, impedindo-lhe a respiração. Havia algo de errado. *Não consigo respirar!*

– *Atchim!*

– Te peguei! – M'Baku rugiu, enquanto um amendoim voava da narina de T'Challa.

– Muito engraçado – disse. – Estou tão feliz que tenha vindo comigo. – Jogou o amendoim no cesto de lixo ao seu lado.

– O que faria sem mim? – M'Baku perguntou.

Respiraria com mais facilidade, T'Challa pensou.

M'Baku empurrou o jovem príncipe para o lado a fim de espiar pela janela.

– Veja só todos esses carros – disse. – Acho que vou comprar um quando chegarmos lá.

– Com que dinheiro? – T'Challa brincou, empurrando-o para longe. – Quanto o seu pai te deu?

– Provavelmente não o suficiente – M'Baku respondeu. – Mas posso conseguir mais com você, certo?

T'Challa meneou a cabeça. O pai de M'Baku era severo e não costumava cobrir o filho de luxos.

Bocejou e pressionou o nariz contra a janela. Viu a faixa azulada do rio margeando Chicago, ladeada por imensos arranha-céus. Carros pequenos como formigas passavam apressados.

– Acho que vou me adaptar muito bem – M'Baku comentou, cruzando os braços atrás da cabeça e recostando-se no apoio de couro. – Somos de Wakanda. O que a América tem que nós não temos?

O amigo tinha razão. Wakanda era líder mundial em tecnologia, física, robótica, pesquisa de armamentos e muito mais. No entanto, ambos seriam estrangeiros numa terra estranha, e isso, definitivamente, causaria uma íngreme curva de aprendizagem. T'Challa voltou a fechar os olhos.

Em pouco tempo, aterrissaram em uma pista de pouso que T'Challa deduziu ser particular, considerando que não havia ninguém mais por perto a não ser um homem mais velho que cumprimentou J'Aka como a um amigo de longa data. Dali, seguiram de carro para a embaixada.

O pai de T'Challa os acomodaria na Embaixada das Nações Africanas, na Avenida Michigan, bem no coração da cidade. Os garotos jantariam nos quartos e a equipe de funcionários não comentaria sobre a estadia deles. Todos os dias, a fim de manter as aparências, pegariam o ônibus para a escola, afinal, não poderiam aparecer de limusine com janelas escuras e um motorista armado.

J'Aka conduziu o elegante carro preto pela autoestrada como se estivesse bastante acostumado ao percurso. Ao olhar pela janela, T'Challa viu apenas campos e fazendas, mas, aos poucos, o trânsito foi se intensificando. Prédios se erguiam como coisas selvagens, torres de aço e concreto trançadas pela neblina. T'Challa percebeu a diferença entre Chicago e Wakanda. Não havia verde o bastante, e as palavras *selva de pedra* lhe vieram à mente.

Pessoas eram vistas por todas as partes – caminhando pelas ruas, embrulhadas em casacões, protegendo a cabeça do vento. T'Challa estremeceu. Há alguns momentos, quando aterrissaram na pista de pouso, apesar de terem ido por um túnel até o carro, sem se aventurarem a céu aberto, o jovem sentiu a queda na temperatura. Tinha que admitir, não estava nada ansioso pelo lendário frio de Chicago.

Por fim, chegaram à rua onde havia lojas com vitrines iluminadas demonstrando a moda luxuosa em ambos os lados.

– A *Magnificent Mile* – J'Aka observou.

M'Baku olhou pela janela.

– Ouvi falar – comentou. – É aqui onde todos os ricos fazem compras!

T'Challa balançou a cabeça.

O carro passou por um prédio simples, de tijolos, localizado entre dois maiores.

– Chegamos – anunciou J'Aka. Estacionou numa garagem subterrânea e conduziu os dois garotos até a recepção. Então desapareceu atrás da bancada junto a um homem que usava um fone sem fio. T'Challa aproveitou o instante para olhar ao redor. O pé direito alto exibia diversos candelabros reluzentes, mas o carpete era marrom e um pouco manchado. A mobília de madeira estava velha e sem lustro.

– Que embaixada – M'Baku grunhiu.

Um momento depois, J'Aka retornou. Um moço vestindo quepe e terno preto o seguiu e empilhou a bagagem dos garotos em um carrinho. Olhou para T'Challa e M'Baku com curiosidade.

– O recepcionista lhes mostrará o quarto de vocês, depois vou embora – J'Aka informou. – Seu pai pediu que eu lhes recomendasse cautela uma vez mais. – Olhou para ambos. – Entendido?

Ambos assentiram. J'Aka apertou as mãos dos jovens, assentiu de leve para T'Challa, e foi embora.

A embaixada possuía um quarto pequeno, com duas camas, uma geladeira minúscula, um banheiro ainda menor e cortinas marrons sem graça.

– Temos que dividir o quarto? – M'Baku reclamou.

– Acho que não estamos mais em Wakanda – T'Challa respondeu.

O amigo balançou a cabeça.

– Você é um príncipe e vai viver assim?

– Shhh! – T'Challa sussurrou, e depois deu umas batidas na parede fina. – As pessoas podem nos ouvir. Temos que permanecer anônimos, lembra?

– Uhum – M'Baku respondeu, largando a mala no chão. – Estou sabendo.

Ao encontrar um cofre no armário, T'Challa logo inseriu uma senha, guardando a caixa com seu traje e anel dentro. Olhou ao redor do quarto. Uma pequenina janela deixava uma fraca luz cinzenta entrar.

– Uau – ouviu M'Baku dizer. – Isto parece interessante.

T'Challa se aproximou. M'Baku apoiava-se em um joelho ao lado de um pequeno armário aberto debaixo do frigobar. T'Challa abaixou a cabeça para inspecioná-lo. Sorriu. Encontrou um tesouro de lanches americanos organizados em filas precisas: batatinhas, chocolate, bolachas, pipoca, castanhas, chiclete, mais chocolate e vários outros que ele não reconhecia.

M'Baku ergueu uma sobrancelha.

– Com fome?

Vinte minutos mais tarde, os garotos estavam largados sobre a cama, amparando o estômago com as mãos. M'Baku comera todas as balinhas de menta.

– Acho que vou passar mal – gemeu.

T'Challa também comera sua porção. O rei certamente não teria aprovado. No entanto, embora não houvesse comidas ruins em Wakanda, os garotos estavam famintos após o longo voo. T'Challa acomodou-se de costas e apoiou a mão na barriga.

– Acho que aquela última barra de chocolate foi exagero – disse.

E depois arrotou.

Um barulho semelhante ao de um guizo soou em seus ouvidos. Ele virou a cabeça e viu M'Baku já adormecido, roncando como um rinoceronte.

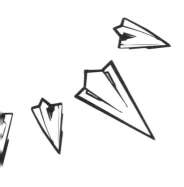

CAPÍTULO 07

Bip, bip, bip, bip...

T'Challa deu um salto e olhou ao redor do quarto. Por um instante, não soube onde estava, então tudo retornou rapidamente à sua lembrança.

Estou nos Estados Unidos.
Chicago.
Vou para a escola aqui.

M'Baku fez uma careta.

– O que, em nome da Deusa Pantera, é essa barulheira toda?

T'Challa seguiu o som até o alarme no criado-mudo e viu os números digitais em vermelho marcando sete da manhã. Alguém da embaixada devia tê-lo programado, já que ele não o fizera. Apertou o botão de desligar.

Toc. Toc. Toc.

– Quem é? – perguntou M'Baku, cauteloso.

– Acho melhor descobrirmos – T'Challa respondeu.

Levantou-se, pegou um dos roupões felpudos do armário e o vestiu.

– Estou indo – disse alto, apertando o roupão ao seu redor.

Abriu a porta no momento em que M'Baku entrava no banheiro. Em sua frente, havia um homem em um uniforme preto parado atrás de um carrinho abarrotado de bandejas de prata e jarros de água e suco.

– O café da manhã está servido, senhores.

T'Challa deu um passo para o lado, e o homem empurrou o carrinho sobre o piso de madeira. Em seguida, sob o olhar atento de T'Challa, fez uma pequena demonstração ao destampar cada um dos pratos com um floreio. Depois foi embora, e M'Baku saiu do banheiro com os cabelos molhados.

– O que é isso? – perguntou, esfregando a toalha na cabeça.

T'Challa ergueu um dos domos arredondados de metal.

– Café da manhã?

M'Baku se aproximou, espiando a comida.

– O que são Yummy Flakes? – perguntou, apontando para uma caixa na qual se via a foto de um menino sorridente com uma colher na boca.

T'Challa abriu a embalagem e olhou para os floquinhos que se pareciam com lascas de cascas de troncos de árvore.

– Não sei – respondeu. Então experimentou alguns pedaços, mas fez cara de quem não gostou. – Credo – disse.

– Me deixa experimentar – M'Baku pediu.

Pegou um punhado, inclinou a cabeça para trás e despejou um monte dos flocos garganta abaixo. Mastigou por um segundo, pensativo, e tomou um copo de leite.

– Não é ruim – opinou.

T'Challa inspecionou a bandeja de novo. Sentia-se confuso. Havia diversos pãezinhos redondos fritos, mas todos com buracos no meio. Alguns eram escuros, outros eram claros, e outros ainda tinham pontinhos coloridos por cima.

– Acho que o padeiro deles não é lá muito bom – M'Baku comentou. – Nem consegue fazer pão sem buracos no meio.

– Já vi disso – T'Challa disse. – São donuts. Vi num filme americano.

– Do-o-quê? – M'Baku repetiu, cético.

T'Challa pegou um. Deu uma mordida e mastigou.

– Muito bom – disse depois de um minuto. – Tem gosto de chocolate.

M'Baku espiou o donut com granulado.

– Lá vamos nós – disse, levando um inteiro à boca. Olhava para T'Challa enquanto mastigava, e depois, com grande esforço, engoliu audivelmente. Seu rosto empalideceu. – Ai, ai – disse.

– O que foi? – T'Challa perguntou.

– Meu estômago voltou a doer.

Meia hora mais tarde – depois de M'Baku visitar o banheiro diversas vezes –, os garotos se encaminharam para a recepção. Homens e mulheres em roupas sociais caminhavam com determinação pelos longos corredores. Pessoas se sentavam às mesas da recepção com os laptops abertos diante de si. T'Challa não fizera contato visual com ninguém desde que chegaram. Todos estavam vidrados nos celulares.

Um homem de pé atrás do balcão, digitando num teclado, ergueu a cabeça e seus olhos se arregalaram.

– Ah, vejo que estão prontos para a escola. O quarto estava ao gosto de vocês?

Ele deve saber quem somos, T'Challa pensou.

– Sim – respondeu. – Obrigado.

O homem, cujos óculos se apoiavam no nariz, virou-se para M'Baku.

– Está tudo bem, meu jovem?

M'Baku engoliu.

– Sim... Eu... hum... comi doces demais.

O homem assentiu.

– Entendo. Bem, a geladeira e a despensa são abastecidas todas as noites, mas vocês não precisam comer tudo de uma vez. – Inclinou-se por cima do balcão e abaixou a voz. – Mas entendo a tentação.

M'Baku não respondeu, apenas assentiu lentamente. T'Challa não segurou a risada.

– Muito bem – disse o recepcionista, endireitando-se e apontando acima da cabeça dos garotos. – Passem pelas portas giratórias e atravessem a rua. Vocês pegarão o ônibus 134 para o South Side. – Ele apertou um botão no computador e dois cartões pequenos deslizaram de uma caixa preta. – Aqui estão os seus passes de ônibus. Já possuem saldo para que possam passear pela cidade. Avisem quando perceberem que os créditos estão acabando.

Então, deslizou os cartões pela superfície do balcão.

– O jantar será servido no quarto todas as noites, às sete. Se precisarem de algo, me avisem. – Apontou para a plaquinha com seu nome.

T'Challa se inclinou na direção dele.

– Obrigado, Clarence – agradeceu.

M'Baku gemeu, mas, ainda assim, conseguiu exibir um meio sorriso.

– Espero que não tenhamos perdido o ônibus – T'Challa disse, esfregando os braços e virando o pescoço para ver o fim da rua. Estremeceu com o frio. Nenhum dos dois tinha casacos de inverno. Como alguém podia ter se esquecido de lhes dar casacos? Talvez Clarence conseguisse alguns, pois certamente não conseguiriam atravessar o inverno de Chicago sem eles.

A Avenida Michigan era agitada. Ônibus, carros, motocicletas, pedestres, bicicletas – T'Challa até chegou a ver um garoto andando de skate –, todos brigando pelas pistas mais rápidas e menos congestionadas e na parte menos movimentada das calçadas. M'Baku olhou para o alto de um dos prédios mais altos, cujo topo estava escondido na neblina.

– Bem – disse ele –, esta definitivamente é uma cidade grande, mas Wakanda é mais... – fez uma pausa, procurando pela palavra certa.

– Cativante? – T'Challa palpitou.

– Exato – M'Baku concordou. – Cativante.

Essa *era* a palavra certa, T'Challa percebeu. Chicago era grande, mas não se equiparava à elegância imponente de Wakanda, com sua arquitetura deslumbrante e sua cultura ímpar. Por um breve instante, pensou no pai. *Será que já sente minha falta? Ou está com a mente ocupada com a possível ameaça de Ulysses Klaw?*

T'Challa voltou a olhar para o fim da rua. E olhou de novo em seguida.

Ali, no meio da confusão dos pedestres apressados na calçada, notou um homem absolutamente imóvel. Ele se destacava pela altura, e a boina militar não o ajudava a se misturar entre as pessoas.

O homem olhava diretamente para T'Challa.

Foi cutucar M'Baku, mas um som chiado desviou-lhe a atenção. Um ônibus urbano azul e branco com o número 134 pulsando numa fraca luz alaranjada na parte de cima do imenso para-brisa vinha na sua direção.

– Deve ser o nosso – M'Baku disse.

O ônibus parou junto ao meio-fio e emitiu um sibilo. Uma porta se abriu. T'Challa relanceou na direção do fim da rua mais uma vez, mas o homem sumira. Apoiou o pé no degrauzinho e foi prontamente movido e esbarrado por um bando de pessoas que saía. Todos o olharam com expressões aborrecidas.

– Maravilha – disse M'Baku.

Os garotos recuaram um passo e esperaram os passageiros descerem para depois entrarem no ônibus. T'Challa pegou o cartão que Clarence lhe dera e o entregou ao motorista.

O homem, um grandão barbado, olhou para T'Challa e ergueu uma sobrancelha.

– Posso ajudar, mocinho?

– Sim – T'Challa respondeu. – Vamos para a Escola South Side. Acho que este cartão contém dinheiro para a passagem.

O homem fechou os olhos e voltou a abri-los lentamente.

– Filho – disse –, é só encostar o cartão no leitor.

T'Challa baixou o olhar e viu uma coluna arredondada com uma superfície achatada no alto.

– Por que a demora? – M'Baku reclamou atrás dele, espiando por cima do ombro do amigo.

T'Challa encostou o cartão no leitor.

Bip.

– Pode passar – disse o motorista.

Ao se virar para procurar um banco, T'Challa notou que todos no ônibus o encaravam. Engoliu em seco. Felizmente para M'Baku, T'Challa já passara vergonha tentando pagar a tarifa, por isso ele não sofreu o mesmo destino.

Homens e mulheres em roupas sociais estavam de pé no corredor, com as atenções novamente nos celulares. Todos os lugares pareciam ocupados, quer por uma pessoa, uma mochila ou maleta. T'Challa notou vários garotos da sua idade, mas não conversavam entre si, focados apenas nos celulares.

M'Baku foi o primeiro a encontrar um lugar vago e se sentou ao lado de uma garota com fones de ouvido, que olhava pela janela. T'Challa olhou para a direita e para a esquerda conforme prosseguia pelo corredor. O ônibus chegou a uma parada, jogando-o para a frente, de modo que ele mal conseguiu se endireitar. Ao fazer isso, notou um banco desocupado bem diante dele.

– Este lugar está ocupado? – perguntou.

Um garoto magricela e pequeno desviou o olhar da revista em quadrinhos que estava lendo.

– O que foi?

– Perguntei se alguém está sentado aqui – T'Challa repetiu.

O garoto olhou para o lugar vago e depois de novo para T'Challa.

– Hum, não.

T'Challa tentou sentar-se, mas o ônibus se moveu, jogando-o para a frente de novo. Suspirou. Nem chegara à escola e já sentia como se tivesse enfrentado uma provação.

Enfim T'Challa se sentou e observou quando mais passageiros entraram – em grande parte trabalhadores, mas também muitos adolescentes; boa parte deles com mochilas e usando fones de ouvido.

O assento era desconfortável, e cada buraco e sacudida o tornavam ainda pior. Ficaram no trânsito pelo que pareceram horas. Uma rajada de calor soprava da ventilação, e T'Challa sentiu o suor nas costas. Virou-se para o garoto ao seu lado.

– Oi, hum. Este ônibus vai para a Escola de Ensino Fundamental South Side, certo?

O garoto empurrou os óculos pelo nariz com um dedo.

– Vai. É assim todas as manhãs. Uma droga.

T'Challa não entendeu o que ele quis dizer.

– Vocês são novos aqui? – o garoto perguntou. Então apontou na direção de M'Baku. – Vi você e o seu amigo antes.

– Ah – T'Challa disse. – Sim, somos novos.

– O meu nome é Ezekiel – apresentou-se o garoto. – Mas todos me chamam de Zeke.

T'Challa congelou.

Qual é o meu nome? Papai me instruiu a manter minha identidade em segredo, mas nunca me disse meu codinome!

T'Challa se remexeu no assento.

– Eu sou... hum...

Pense!, gritou mentalmente.

– Sou T. – ele disparou. – T. Charles...

– Ah, oi, T. Charles – Zeke respondeu.

T'Challa suspirou aliviado. *T. Charles*, pensou. *Nada mal.*

Após um trajeto sacolejante pelas ruas da cidade, a *Magnificent Mile* ficou para trás, e o ônibus continuou o percurso até South Side. Passaram por lanchonetes *fast-food*, lojas de eletrônicos, bancos e o que mais pareceu serem centenas de lojas de penhores. Por fim, o ônibus entrou num bairro com casas amplas de ambos os lados da rua e, depois de mais algumas viradas, zuniu e parou. Todos, exceto os adultos, desceram. T'Challa olhou pela janela.

– Onde está a escola?

– Logo depois da esquina – Zeke explicou. – Este é o ponto mais próximo. Venha. Eu te mostro o caminho.

– Ah, tá bom – disse T'Challa. – Obrigado.

Juntou-se a M'Baku no meio do povo e desceram do ônibus. Um minuto ou dois mais tarde, T'Challa estava na calçada rachada e observava as proximidades. A Escola de Ensino Fundamental South Side era uma antiga mansão gigantesca coberta por unhas-de-gato. Diversos predinhos de tijolos aparentes se espalhavam a partir de um maior com uma imensa torre de relógio. O lugar todo era cercado, e T'Challa não evitou o pensamento sobre uma prisão que vira em Wakanda. Existia apenas uma, reservada aos piores transgressores e inimigos do rei.

– Venham – Zeke disse. – Vou mostrar aonde vocês devem ir. – Conduziu T'Challa e M'Baku até a escola.

Assim que a porta se abriu, T'Challa foi atingido por uma sinfonia de barulhos: armários de metal sendo fechados, alunos gritando a plenos pulmões e professores implorando por silêncio. O mais notável de tudo, contudo, era a música, que parecia reverberar por seus ossos. Pelo menos foi o que T'Challa *julgou ser* o barulho. Nunca ouvira nada parecido antes na vida. Algumas palavras chegaram até ele, saídas do aparelho portátil de um garoto, uma caixa imensa com dois alto-falantes:

I'm cooler than ice
And twice as nice
Watch me flow
Down real low
Like Curly and Moe

Então T'Challa se lembrou de que o pai dissera algo que deveriam fazer assim que chegassem à escola.

– Temos que falar com a diretora – disse a Zeke.

Os olhos de Zeke se arregalaram, e ele passou de T'Challa a M'Baku.

– Vocês querem ver a diretora? De propósito?

– É – M'Baku respondeu.

Zeke ergueu uma sobrancelha.

– Tudo bem – concordou com hesitação.

T'Challa e M'Baku trocaram olhares circunspectos.

Zeke os acompanhou até a sala em cuja porta de vidro jateado se lia DIRETORIA. Dentro, havia um homem de óculos sentado atrás de uma escrivaninha, digitando em um computador.

– Bom dia, Ezekiel – disse com um sorriso. T'Challa percebeu os dentes muito brancos e alinhados do homem. – O que posso fazer por você hoje?

Zeke deu um passo adiante.

– Este é o T. – respondeu apontando para T'Challa. – T. Charles. – Virou-se para M'Baku. – E este é o amigo dele...

M'Baku engoliu em seco.

– Marcus – T'Challa completou, salvando-o.

M'Baku assentiu, aliviado. T'Challa não sabia se o amigo precisava de outro nome, e não tinham nem pensado nem falado a respeito disso.

– Ah – disse o homem, com os olhos se acendendo. – Os alunos de intercâmbio do Quênia?

– Hum... isso – T'Challa hesitou.

– Sou o senhor Walker – apresentou-se. – Assistente da senhora Deacon. – Avaliou os dois por um momento. – Minha esposa e eu fomos ao Quênia ano passado. Lindo país. De onde exatamente...

– Precisamos ver a diretora – M'Baku o interrompeu. – Para sabermos nossa grade horária de aulas.

– Ah – disse o senhor Walker, relanceando para o relógio. – Sim, já está pronta. Vou avisá-la.

– Obrigado – T'Challa agradeceu.

A diretora, senhora Deacon, era uma mulher alta com cabelos curtos e olhos sagazes e espertos como os de um pássaro. T'Challa leu as regras que ela lhes entregara:

- Proibido permanecer nos corredores nos horários de aula sem permissão;

- Alimentos e bebidas proibidos exceto no refeitório;
- Proibido *bullying*;
- Proibido gomas de mascar;
- Proibido música (o que T'Challa estranhou, considerando-se a música que ouvira no corredor).

A senhora Deacon imprimiu as grades horárias, e T'Challa leu as matérias que estudaria: Inglês Avançado, Estudos Sociais, Francês – no qual ele já era fluente –, Exploração da Arte, Ciências Avançadas, Educação Física e diversas outras.

M'Baku olhou horrorizado para a lista.

– Tudo isso? – sussurrou, alto o bastante para a diretora ouvi-lo.

– Sim, sim – disse ela. – E apenas para o primeiro semestre.

M'Baku engoliu em seco.

CAPÍTULO 08

T'Challa abriu a porta do quarto na embaixada.
— Estou acabado – disse ao entrar e fechar a porta.
— Nem me fala – M'Baku concordou. – Sinto como se tivesse corrido uns cinquenta quilômetros na floresta.
— O cansaço pela viagem e pela diferença de fuso horário logo deve passar – T'Challa comentou. – Meu pai disse que, nas primeiras noites, precisamos ficar acordados até o mais tarde que conseguirmos para nos acostumarmos.
— Ei – M'Baku disse. – O que é isto?
Havia várias sacolas de compras sobre as camas dos garotos. T'Challa pegou o bilhete sobre o travesseiro.

> Pensei que vocês talvez precisassem de roupas adequadas a Chicago
> — Clarence

— Clarence? – M'Baku perguntou.
— O recepcionista – T'Challa o lembrou.
— Ah é, verdade.

Nas sacolas, encontraram casacos de inverno, meias grossas, camisetas, gorros de lã e luvas. Depois de algumas trocas, acabaram ficando com o que mais gostavam.

— Agora estamos prontos para a Chi Town — M'Baku disse, fazendo uma pose na frente do espelho.

— Estamos mesmo — concordou T'Challa, mas se perguntou o que exatamente isso significava.

Os primeiros dias na Escola South Side passaram voando. T'Challa se viu envolto em um turbilhão — decorando os nomes dos alunos, dos professores, encontrando as salas certas e se orientando num ambiente completamente novo.

— Não consigo acreditar no tanto de lição de casa — M'Baku reclamou uma noite na embaixada. Livros e folhas espalhavam-se em toda a sua cama, junto a embalagens de batata frita vazias.

— Vamos nos acostumar — T'Challa o consolou. — Dê tempo ao tempo.

T'Challa não teve dificuldade em nenhuma das matérias, pois aprendera bastante com o pai. Houve também os tutores, claro, muito bem versados em tudo, desde civilizações antigas até robótica avançada.

— Eu te ajudo — T'Challa se ofereceu. — Com o que tem tido dificuldades?

M'Baku esfregou o rosto.

— Hum... Com tudo?

Alguns dias mais tarde, T'Challa estava na aula de Francês, estudando conjugações verbais e estruturas frasais. Com o dia cinzento e a sala fria, desejou ter levado um suéter.

— E quem pode me dizer a conjugação correta do verbo *ser*? — a senhora Evans, professora de francês, perguntou. Sentada atrás da sua mesa, inspecionava os alunos. A sala se manteve em silêncio, a não ser pelo som dos lápis batendo nas carteiras de madeira. T'Challa já respondera a diversas das perguntas dela, e agora tinha uma escolha a fazer: dar a resposta correta ou esperar que mais alguém se arriscasse?

Silêncio.

T'Challa aguardou.

E aguardou.

A senhora Evans suspirou e apoiou o queixo no punho.

T'Challa levantou a mão.

Os olhos da senhora Evans se iluminaram – algo que sempre acontecia quando ele respondia a uma das perguntas.

– Sim, senhor Charles?

T'Challa deu uma tossidela, um tique nervoso que parecia ter adquirido desde que chegara ao país.

– O verbo ser – começou ele. – Tempo presente: *je suis, tu es, il est, nous sommes, vous êtes, ils sont.*

A senhora Evans balançou a cabeça de um modo que T'Challa interpretou como admiração.

– A sua pronúncia é excelente – ela o elogiou. – *Très bien, Monsieur Charles. Merci.*

O sorriso fugiu do rosto dela quando voltou o olhar para a sala.

– Quanto ao resto de vocês, estudem a lição dois novamente. Teremos o mesmo teste oral amanhã. Turma dispensada. *À bientôt.*

O silêncio foi interrompido pelas cadeiras empurradas e pelo burburinho. T'Challa recebeu alguns olhares de esguelha e sorrisos afetados à medida que as pessoas saíam da sala. Não era culpa dele ter aprendido francês tão novo. Por ser a língua oficial de muitas nações africanas, os dignitários que visitavam seu pai a usavam quando o cumprimentavam. E foi algo que ele teve que aprender, um dever de príncipe.

– Bom trabalho, T.

T'Challa se virou. Era a garota do ônibus – a que se sentara ao lado de M'Baku no primeiro dia de aula.

– Você é o aluno de intercâmbio, certo? – ela perguntou. – Do Quênia?

– Sim – T'Challa respondeu.

– Meu nome é Sheila. Acho que você já conheceu meu amigo Zeke.

– Ah, sim – T'Challa disse. – Zeke. Ele me ajudou no meu primeiro dia. E ao meu amigo Marcus também.

Houve um instante de silêncio enquanto alunos passavam entre eles, todos conversando e se empurrando.

– Como é a escola no Quênia? – Sheila perguntou.

T'Challa estudou o rosto dela por um instante. A garota tinha sardas pequeninas, pele da cor de noz-moscada, cachos compridos e bem definidos.

– Bem, ela é bastante diferente. É um pouco mais... – Ele procurou, sem sucesso, pela palavra correta.

– Disciplinada? – Sheila sugeriu.

– Sim. Isso mesmo – T'Challa concordou.

Sheila se virou na direção de crianças gritando.

– É *mesmo* um pouco bagunçado por aqui. Mas como você ficou tão bom em francês?

– Bem, existem muitos falantes de francês na África, então aprendi ainda pequeno.

– Eu bem que queria ter aprendido quando era criança – Sheila disse com uma pontada de inveja. – Conjugar verbos é a ruína da minha existência.

T'Challa sorriu. Já podia dizer que Sheila era definitivamente inteligente, alguém de quem poderia ser amigo.

– Na verdade – ela disse –, sou mais interessada em ciência. As ciências da natureza, para ser mais exata.

– Ah, tipo energia e matéria, é isso?

– Isso, mas não se esqueça da biologia e dos fenômenos naturais.

T'Challa estava impressionado. Ouvira dizer que os alunos americanos não gostavam de estudar, mas Sheila deixava esse boato para trás. Ambos ficaram ali em silêncio por um instante.

– Bem – T'Challa disse –, foi bom te conhecer, Sheila.

– Você também – Sheila retrucou. – A gente se vê por aí.

Ela é legal, T'Challa pensou quando a garota se afastou. No fim das contas, talvez a vida na Escola South Side não seria tão difícil assim.

Alguns minutos mais tarde, porém, ele já não tinha mais tanta certeza disso.

O ginásio fedia a meias suadas.

Era amplo, com pé direito alto e teto do qual pendiam centenas de pequeninas luzes. Na parede, havia diversos estandartes, cada um mostrando um tigre rugindo num campo verde e amarelo.

– Wildcats – T'Challa sussurrou.

– Acho que você vai se encaixar aqui – M'Baku brincou. – Sabe como é, sendo da família dos gatos...

T'Challa o fuzilou com o olhar.

– Vou mostrar para esses garotos como é que se faz – M'Baku se gabou, estalando as juntas.

– Como se faz o quê? – T'Challa perguntou.

– Não sei. O que quer que eles acreditem serem bons.

T'Challa riu. A M'Baku certamente não faltava confiança.

Depois de colocarem roupa de ginástica – uma cortesia da embaixada –, T'Challa e M'Baku se juntaram aos demais garotos, formando uma fila. Um assobio alto chamou a atenção da turma. Um homem que mais parecia um hidrante – baixo e atarracado, mas musculoso – andou diante da fila com uma prancheta enquanto avaliava os alunos.

– Ano novo, novos recrutas – ele disse. – Alguns de vocês não darão conta. Alguns acabarão chorando, e outros ainda poderão desmaiar. Mas acreditem em mim, quando saírem daqui, serão homens melhores por causa disso.

Houve algumas risadinhas abafadas, mas o instrutor as ignorou. M'Baku lançou um olhar a T'Challa e revirou os olhos.

– Meu nome é senhor Blevins – apresentou-se o instrutor. – E hoje vamos aprender os fundamentos básicos de um dos esportes mais antigos. – Fez uma pausa. – Luta livre.

M'Baku sorriu. Ele e T'Challa lutavam desde muito pequenos, e os dois tinham habilidades semelhantes.

– Agora – disse o senhor Blevins – vou lhes mostrar alguns movimentos básicos. Mas, primeiro, preciso de um voluntário. Alguém se arrisca?

Silêncio.

Os alunos abaixaram as cabeças e se mexeram no lugar, fazendo os tênis guincharem no piso de madeira. T'Challa se lembrou da aula de Francês.

Nunca fora de recuar frente a um desafio. Ser filho do rei significava ter de provar, mais do que uma vez, seu valor para garotos que se julgavam melhores do que ele. Deu um passo à frente. M'Baku lançou-lhe um sorriso. Alguns dos alunos olharam para ele com curiosidade.

– O garoto novo – surpreendeu-se o senhor Blevins, medindo T'Challa com o olhar. Relanceou para a prancheta. – T. Charles. Muito bem, senhor Charles. Vamos em frente.

T'Challa exibiu um sorriso fraco.

– Conhece a posição do juiz? – o senhor Blevins perguntou, largando a prancheta no chão.

– Conheço – T'Challa respondeu, abaixando-se de quatro. Aquilo foi um de seus primeiros ensinamentos em Wakanda.

O senhor Blevins se aproveitou da posição e se abaixou num joelho só. Em seguida, passou um braço ao redor da cintura de T'Challa, apoiando-se no outro cotovelo.

– E agora – o senhor Blevins disse, a voz percorrendo todo o ginásio –, no três, o senhor Charles vai tentar escapar do golpe. Pronto?

T'Challa soltou a respiração.

– Pronto.

– Um... – O senhor Blevins começou a contar. – Dois... Três.

T'Challa girou nos joelhos e deitou o senhor Blevins de costas, prendendo-o no tatame em menos de cinco segundos.

Um coro de *ooooohhhh* percorreu o grupo.

Os olhos do senhor Blevins continuavam arregalados quando T'Challa se levantou do tatame.

– Muito bem – o senhor Blevins disse, erguendo-se com um sorriso forçado. – Há anos não sou derrotado assim. Isso foi bem... hum... bastante... eficiente, T. Aprendeu isso no Quênia?

T'Challa permaneceu parado. Todos o observavam. Sussurros percorriam o ginásio. Sua boca estava seca.

– Aprendi – disse por fim. – Meu pai me ensinou.

O senhor Blevins limpou os joelhos.

– E o que ele faz?

T'Challa engoliu.

– Hum... Muitas coisas.

M'Baku abafou uma risada com a mão.

– Ah – disse o senhor Blevins. – Então parece que você terá vantagem sobre o resto de nós. – Virou-se e se dirigiu à turma: – É isso que chamo de espírito de equipe! Espírito dos Wildcats!

– Espírito dos Wildcats! – a turma gritou.

T'Challa sorria internamente. Começara com o pé direito. Mas, quando se virou, notou um garoto em particular encarando-o.

E ele sorria com esgar.

CAPÍTULO 09

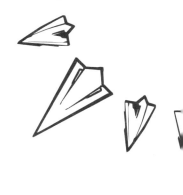

Mais tarde naquele mesmo dia, T'Challa estava com M'Baku, Sheila e Zeke no refeitório. O barulho das bandejas junto à movimentação de centenas de alunos fazia os ouvidos de T'Challa tinirem.

– Fala aí – Sheila começou, virando para T'Challa. – Ouvi dizer que você lutou muito bem e que derrubou o senhor Blevins de bunda no chão.

T'Challa engoliu em seco. Não queria que as pessoas pensassem nele como um brigão ou alguém que faz *bullying* com os outros.

– Rá – M'Baku resmungou baixinho. – Eu poderia ter feito aquilo, mas T'Challa foi antes de mim. Só isso.

– Detesto esportes – Zeke disse. – Prefiro ler um livro.

T'Challa sorriu.

Sheila retirou um cookie de um saco de papel marrom, e os olhos de M'Baku se iluminaram.

– Quer experimentar?

– Não faça isso – alertou Zeke.

– Por quê? – M'Baku perguntou. – Tem algo de errado com ele?

– Não há *nada* de errado com ele – Sheila respondeu. – É perfeito.

– Ah, é – Zeke replicou. – Se você gosta de comida *sem glúten*.

T'Challa observou a interação com curiosidade.

– *Ainda* assim, o gosto é bom – Sheila disse.

– O que é sem glúten? – T'Challa quis saber.

– Bem – Sheila começou a explicar –, o glúten é uma proteína existente em certos tipos de trigo e grãos. Se você não consegue digerir esse tipo de coisa, pode consumir alimentos que não o têm, ou encontrar substitutos.

M'Baku olhou para o cookie como se tivesse se transformado num sapo.

– Vá em frente – Sheila o encorajou. – Experimente.

M'Baku ergueu um cookie contra a luz. Depois de um longo momento, deu uma mordida.

T'Challa, Sheila e Zeke aguardaram.

M'Baku assentiu.

– Não é ruim – disse por fim.

Sheila olhou para Zeke com satisfação.

T'Challa mordeu o hambúrguer. Ouvira dizer que a comida no refeitório não era lá muito boa, mas gostava dela por ser diferente do que tinha em casa – habitualmente legumes, verduras, carnes magras e grãos. Ali na Escola South Side, havia cachorros-quentes e hambúrgueres e lasanha e algo chamado Jell-O, que ele adorava.

Zeke pegou uma folha de dentro de um caderno e a deslizou pela mesa. T'Challa a pegou e leu:

Atividades Pós-Aulas
ENCONTRO DO CLUBE DE XADREZ
16h – 17h
Sala de Estudos 101

T'Challa sorriu. O pai lhe ensinara xadrez quando ele tinha cinco anos de idade, argumentando que era uma forma excelente de praticar a paciência e o pensamento estratégico. O jovem ergueu os olhos do papel.

– Você se inscreveu? – perguntou a Zeke.

– Sim – respondeu. – Mas não sou muito bom. – Virou-se para M'Baku. – E quanto a você, Marcus?

M'Baku deslizou uma colherada de feijão para a boca.

– *Marcus* – T'Challa o chamou, dando-lhe uma cotovelada.

M'Baku levantou a cabeça, a colher ainda na boca.

– Ah – disse, olhando para T'Challa. – Ah, é. Eu. Hum, qual foi mesmo a pergunta?

Sheila e Zeke trocaram olhares.

– Perguntei se você quer se juntar ao clube de xadrez – Zeke repetiu.

– Não – M'Baku respondeu. – Acho que não. Quero tentar jogar basquete. Vi o Chicago Bulls na TV em Wa...

T'Challa inspirou fundo.

M'Baku olhou rápido para ele.

– Hum, na TV... é. Eu os vi na TV e queria experimentar.

Zeke abriu a boca para falar algo, mas T'Challa se virou ante o som de vozes altas. Uma figura magra e desengonçada se aproximou da mesa – o menino que o encarara na aula de Educação Física depois de T'Challa derrubar o senhor Blevins. Era o garoto mais alto que T'Challa já vira. Dois outros estavam com ele. Um era baixo e magro, como uma cobra sinuosa; o outro era mais alto que T'Challa, e músculos esticavam sua camiseta. Os três tinham algo em comum: olhos nada gentis, o que o pai lhe dissera para sempre procurar numa pessoa.

O garoto alto, vestindo calças frouxas enfiadas dentro de botas marrons, caminhou lentamente na direção de T'Challa. Exibia um anel prateado com uma caveira no dedo. Estreitou os olhos para T'Challa e M'Baku.

– Então vocês são da África? – perguntou, com provocação na voz.

T'Challa o fitou.

Melhor permanecer amigável, pensou.

– Sim – respondeu. – Do Quênia.

– Já caçou algum elefante ou matou algum tigre?

M'Baku sorriu com afetação.

– Não matamos animais por divertimento – explicou.

O garoto gargalhou em um trovejar profundo. Os amigos atrás seguiram o exemplo.

– Bem, então *o que* vocês fazem? – perguntou. – Eles têm hip-hop por lá?

T'Challa nunca ouvira tal palavra antes.

– O que é *hip-hop*?

O grupo de garotos explodiu numa risada. T'Challa se lembrou dos uivos das hienas que ouvia em seu lar.

– Cara – o alto disse. – Você não conhece hip-hop? West Side Posse? Killa Krew?

T'Challa continuava perdido. Não fazia ideia do que os garotos estavam falando.

– Provavelmente eles ouvem músicas mais interessantes – Zeke sugeriu. – Você entende. Do tipo *africano*?

O garoto alto desviou o olhar para a figura pequena de Zeke.

– E aí, nerd? Onde está o seu livro de colorir?

Zeke exalou pelas narinas.

– São *graphic novels* – disse, olhando fixamente para a frente em vez de para o garoto.

– Tanto faz – o altão replicou. – Vamos nessa. Vejo você por aí, África. – Afastou-se andando da mesma forma com que se aproximara, com uma cadência nos passos e um sorriso afetado. Os amigos o seguiram.

Por um instante, ninguém se manifestou.

– Quem era esse? – T'Challa perguntou por fim.

– O nome dele é Gemini Jones – Zeke explicou. – E ele é um chato.

– É mesmo – Sheila concordou.

Zeke relanceou na direção de Gemini e dos amigos sentados em outra mesa, num canto nos fundos, afastados de todos.

– As pessoas o temem porque ele diz que é feiticeiro.

– Um feiticeiro? – T'Challa repetiu.

– Sim – Sheila respondeu. – Um bruxo.

– Bruxas não existem – M'Baku disse.

– Bem – Zeke argumentou –, acabei de ler uma *graphic novel* chamada *Bruxos e Feitiços*, e a história toda é sobre feiticeiros.

Sheila lhe lançou um olhar enviesado.

– Hum, sabe que isso se chama *ficção*, não sabe?

– Mas a verdade é mais estranha do que a ficção – Zeke rebateu e prosseguiu, olhando por cima dos óculos. – *Tum... Tum... Tum!*

Sheila fechou os olhos.

– E quanto aos outros caras? – T'Challa perguntou. – Quem são?

– O magrela é Deshawn – Sheila explicou –, e o cabeça de músculos se chama... espera só... Bíceps.

– Bíceps? – T'Challa ecoou.

– Pois é! – Sheila disse.

M'Baku gargalhou.

– Eu ficaria longe deles se fosse vocês – Zeke aconselhou. – Estão sempre atrás de briga e se metendo em confusão.

No entanto, T'Challa não tinha certeza disso. Não gostou do jeito como Gemini falou com ele. Quem o garoto achava que era?

Mas não havia nada que pudesse fazer a respeito. Precisava manter sua real identidade em segredo. Apoiou o queixo nas mãos e suspirou.

– Então – começou –, o que *exatamente* é hip-hop?

A hora do almoço passou com rapidez. T'Challa devolveu a bandeja e seguiu para o corredor acompanhado de Zeke, Sheila e M'Baku. Viram um grupo de garotos em círculo no meio do corredor, olhando fixamente para o chão.

M'Baku apontou.

– O que está acontecendo ali?

Andaram o pouco que faltava para chegar ali, e T'Challa ouviu diversas vozes misturadas:

O que é?

É muito assustador, isso sim.

Quem colocou isso aí?

T'Challa abriu caminho em meio aos outros. A princípio, não sabia para o que estava olhando. Mas, ao se aproximar, tudo se tornou mais claro. Tratava-se de um punhado de galhos quebrados, mantidos unidos por um barbante e colocados de maneira ereta, como um tripé de uma câmera fotográfica.

– O que em nome de Zeus é isso? – Zeke perguntou.

– Algum tipo de ninho? – Sheila arriscou.

T'Challa deu um passo à frente e se agachou para examinar mais de perto.

– Ok, ok – disse uma voz retumbante. – Deem licença.

T'Challa recuou. Um professor abria caminho em meio à multidão. O grupo se afastou rapidamente, ainda murmurando.

– O que você acha que é? – M'Baku perguntou.

T'Challa deu de ombros.

– Algo relacionado ao Halloween?

M'Baku balançou a cabeça.

– Talvez. Não sei. Mas estamos nos Estados Unidos. Existe toda espécie de coisa esquisita por aqui.

T'Challa deu mais uma olhada desconfiada para o objeto.

– É – disse inquieto. – Acho que sim.

CAPÍTULO 10

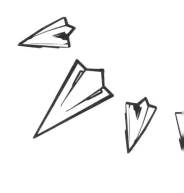

O primeiro fim de semana dos garotos enfim chegou, e eles estavam ansiosos para sair e explorar a cidade. Afinal, desde que aterrissaram em Chicago, não haviam visto praticamente nada além da escola e da embaixada.

– Aonde quer ir? – M'Baku perguntou, amarrando os cadarços dos tênis.

T'Challa hesitou.

– Não sei. Mas seria melhor ficarmos por perto, não acha?

M'Baku exalou o ar, exasperado.

– T'Challa, podemos fazer o que quisermos! Quem é que vai saber?

T'Challa considerou. Havia uma cidade inteira a explorar. Deveriam permanecer nos quartos durante todo o tempo de estadia deles ali?

– Você tem razão – admitiu. – Vamos.

No fundo da mente, porém, ouviu a voz do pai, alta e clara:

Tenho muitos inimigos. E não posso permitir que conheçam o seu paradeiro.

Vestiu o casaco e seguiu M'Baku.

T'Challa encostou o passe de ônibus no leitor e M'Baku fez o mesmo.

— Nenhuma floresta na qual correr aqui – T'Challa observou assim que se sentaram. Olhando pela janela, viu a Willis Tower pairando nas alturas, com uma luz piscante vermelha bem no topo.

— Deveríamos ir até lá – M'Baku sugeriu. — Eu poderia cuspir, e nós veríamos até onde o cuspe chegaria.

— Ah, sim – T'Challa concordou com sinceridade fingida. — Isso seria absolutamente fascinante.

O ônibus continuou seu percurso, parando e partindo novamente aos solavancos, permitindo a entrada e saída dos passageiros. T'Challa pensou no seu lar de novo. Precisava ligar para o pai.

— Sabe o que Chicago tem que nós não temos? – M'Baku perguntou, interrompendo os pensamentos de T'Challa.

— O quê?

M'Baku sorriu, revelando cada um dos dentes brancos.

— Pizza!

Vinte minutos mais tarde, M'Baku limpava a gordura da pizza dos lábios e pegava mais uma fatia.

— Essa é a sua terceira? – T'Challa perguntou.

M'Baku mostrou quatro dedos com a mão livre.

A pizzaria se chamava Antonio's, e, como havia muitas pizzarias por perto, os garotos a escolheram aleatoriamente.

T'Challa deu uma mordida na pizza de pepperoni.

— É boa – comentou.

— Hummmmm – grunhiu M'Baku.

T'Challa observou o restaurante. Aquilo lhe parecia estranho. A maioria das pessoas era branca, algo a que não estava acostumado. Vinha de um país africano, e as pessoas com as quais crescera eram negras. Esse pensamento o levou a Hunter e em como ele era visto em Wakanda.

– Ah, não – M'Baku reclamou, com a boca cheia de pizza.

A porta se fechou e três garotos entraram.

Gemini e seus amigos.

M'Baku se afundou um pouco no banco. T'Challa não.

– Quero uma fatia de pepperoni – Gemini exigiu do homem atrás da caixa registradora. Os amigos, Deshawn e Bíceps, pediram algo chamado "subs".

T'Challa engoliu o último pedaço da pizza bem quando Gemini deu as costas para o balcão. Os olhos dos dois se encontraram.

– Olha só! – exclamou. – É o África. E aí, África?

T'Challa não sabia o que dizer.

Gemini se aproximou lentamente, assim como fizera no refeitório da escola. Os amigos o acompanharam. Então se inclinou e apoiou as pontas dos dedos na mesa. T'Challa notou o anel de novo – uma caveira prateada reluzente.

As pessoas o temem porque ele diz que é feiticeiro.

– Importam-se se me sentar aqui? – Gemini perguntou, deslizando em seguida para o lado de M'Baku, que mal teve tempo de se mover no banco, em direção à janela. Deshawn se sentou ao lado de Gemini, e Bíceps se acomodou junto a T'Challa. O atendente trouxe a comida dos garotos e os deixou rapidamente. T'Challa notou que Deshawn e Bíceps também usavam anéis de caveira.

– Vocês têm pizza na África? – Gemini perguntou, mordendo sua fatia.

– Não – T'Challa respondeu.

Gemini mastigou assentindo. Deshawn e Bíceps não disseram nada, apenas fitaram M'Baku e T'Challa, como se fossem alienígenas.

– Em Chi Town comemos pizza o tempo todo – Gemini se vangloriou.

T'Challa não se pronunciou. Estava curioso quanto ao motivo de os garotos se sentarem com eles. Sabia que aquilo era uma disputa de poder.

– Sabe – Gemini prosseguiu e depois limpou a boca com o dorso da mão. – Não sou bom em luta livre, mas sabe no que sou bom?

– Não – T'Challa respondeu.

– Queda de braço. Vamos lá?

– Onde? – T'Challa perguntou.

Gemini se recostou. Assentiu algumas vezes.

– Você é um cara engraçado, África. Vamos. Dispute uma queda de braço comigo. O perdedor compra uma pizza inteira.

M'Baku olhou para T'Challa e ergueu uma sobrancelha. O jovem príncipe pegou um guardanapo e limpou as mãos.

– Tudo bem, se é isso mesmo o que quer.

– Isso, isso – tanto Deshawn quanto Bíceps disseram, e depois se entreolharam, aborrecidos um com o outro.

Guardanapos e pratos foram logo retirados. T'Challa apoiou o cotovelo direito na mesa. Ele e M'Baku costumavam disputar queda de braço quando pequenos. E, para dizer a verdade, T'Challa não era muito bom nisso, mas o braço fino de Gemini não parecia intimidador.

Gemini esfregou as mãos e apoiou o cotovelo na mesa.

– Muito bem. Vamos em frente.

Os garotos apertaram as mãos.

T'Challa encarou Gemini. O garoto tinha a sombra de um bigode fino no buço, e T'Challa o imaginou todas as manhãs diante do espelho tentando ajeitá-lo.

– Um – Deshawn disse.

– Dois – entoou Bíceps.

Houve um momento de silêncio. Todos se voltaram para M'Baku.

– Três – completou ele.

Os dois garotos se inclinaram na mesa. A pegada de Gemini era como um torno. O anel de caveira se evidenciava e esfregava no dedo mindinho de T'Challa.

– Vamos lá, Gemini – Deshawn o encorajou.

M'Baku olhou para T'Challa. Não havia o que falar. Ele apenas inclinou de leve a cabeça, como se dissesse: *Vai mesmo deixar esse cara ganhar de você?*

T'Challa exalou e se esforçou ainda mais. A mão logo se tornou escorregadia. Os cotovelos dos dois giraram um pouco na mesa.

Gemini se inclinava na direção da mesa, e T'Challa sentiu o peso inteiro da parte superior do corpo do outro tentando dobrá-lo à sua vontade.

– Nada mal, África – Gemini disse, com a voz revelando esforço.

O meu nome não é África, T'Challa queria dizer. *É T'Challa. E sou o príncipe de Wakanda.*

Bang!

Os nós dos dedos de Gemini bateram na mesa.

T'Challa soltou a mão do outro.

Ninguém se manifestou.

Deshawn e Bíceps olharam sem graça para Gemini, esperando. Gemini sacudiu o pulso e flexionou os dedos.

– Demorou, hein? – disse entediado. – Eu poderia ter aguentado mais, mas me cansei. Fica pra próxima, cara.

Levantou-se e os amigos fizeram o mesmo, apanhando a refeição comida pela metade. Pareciam segui-lo em todos os movimentos.

– Ei – M'Baku o chamou. – Você nos deve uma pizza.

Gemini parou em meio a um passo e se virou.

T'Challa sorriu com ironia.

– Olha aqui a sua pizza – Gemini disse, fazendo um gesto mal-educado.

A porta se fechou com força no momento em que Gemini e os amigos deixaram a pizzaria.

CAPÍTULO 11

– Acho que podemos chamá-lo de mau perdedor – M'Baku disse pouco tempo depois.

As portas do ônibus sibilaram ao se abrir, permitindo a passagem de mais passageiros.

– Pois é – concordou T'Challa. – Você viu a expressão dele?

M'Baku imitou o rosto de alguém durão, com o cenho franzido e os lábios apertados.

– O que esses caras têm? – T'Challa perguntou.

– Não sei – respondeu M'Baku. – Acho que são como cachorros que ladram, mas não mordem.

– Todos eles têm o mesmo anel, com uma caveira de prata. Percebeu?

– Percebi – M'Baku respondeu. – Acho que todos os feiticeiros os usam.

T'Challa deu um sorriso largo.

O ônibus seguiu caminho pela Avenida Michigan. Como os garotos ainda não estavam prontos para retornar à embaixada, resolveram andar de ônibus um pouco para ver alguns lugares. Além disso, ambos estavam cheios de pizza e precisavam dar um tempo.

T'Challa deixou os pensamentos fluírem. Pensou em Hunter e em como ele e Gemini Jones eram parecidos – sempre querendo desafiar as pessoas. Por quê? Talvez bem no fundo os dois fossem inseguros e agissem de modo a parecerem durões. Quaisquer que fossem os motivos, T'Challa achou isso um tanto triste.

Olhou pela janela. Do outro lado da calçada, avistou uma pequena multidão em uma espécie de parque. Um prédio, cuja superfície era toda de aço ou ferro, com curvas, lâminas polidas que criavam um design elegante, se sobressaía aos demais e fez T'Challa se lembrar de casa.

– Vamos dar uma olhada neste – disse.

– No quê? – M'Baku perguntou.

– Logo ali – T'Challa apontou. – No parque.

T'Challa puxou uma corda para que o ônibus parasse no ponto seguinte e sorriu para M'Baku, como se já entendesse tudo da cidade.

Desceram e, ao atravessarem a rua, mesmo com o estômago cheio, o cheiro de carne assada fez a boca de T'Challa salivar.

– O que é um gyro? – M'Baku perguntou, lendo a placa de um caminhão parado. Havia outros caminhões estacionados perto daquele, todos exalando algum tipo de aroma de comida. Tais aromas se misturavam no ar frio.

– Não sei – T'Challa respondeu.

M'Baku, porém, tinha que investigar.

– Hummm – gemeu um minuto mais tarde, inclinando a cabeça para dar outra mordida. Um sumo escorreu-lhe pelo braço, manchando o casaco. – Tem gosto de frango.

T'Challa olhou ao redor. Oradores de rua, malabaristas, bateristas e um pouco de tudo competiam pelo espaço.

Os garotos seguiram na direção de um agrupamento maior, onde diversas pessoas reuniam-se ao redor de uma espécie de objeto. Abriram caminho em meio a elas. T'Challa viu o reflexo de metal reluzindo à luz do sol.

– Interessante – comentou.

Havia uma imensa escultura de metal diante deles, a superfície espelhada refletindo as pessoas ao redor.

– Isso é um ovo? – M'Baku perguntou.

– Parece um tipo de feijão – T'Challa sugeriu.

– É chamado de *Portão de Nuvens* – disse uma voz.

T'Challa virou de costas.

Parou de imediato.

Apesar de tê-lo visto apenas uma vez de longe, o homem lhe era familiar. T'Challa o vira no primeiro dia, quando foram apanhar o ônibus para a escola. Agora que estava perto, o jovem percebeu uma cicatriz na bochecha do outro. No entanto, o mais curioso era o tapa-olho cobrindo-lhe o olho esquerdo.

– Mas os turistas o chamam de Feijão – completou o homem.

T'Challa e M'Baku se entreolharam.

– Primeira vez em Chicago? – perguntou o desconhecido.

– Sim – respondeu M'Baku.

Houve um instante de silêncio, interrompido apenas pelo tagarelar dos turistas.

– Vamos, Marcus – T'Challa disse. – Temos que ir. Lembra?

M'Baku percebeu a deixa, e os dois garotos seguiram na direção oposta.

– Quem era aquele? – M'Baku perguntou quando já estavam distantes.

– Não sei – T'Challa respondeu. – Mas já o vi antes. Acho que pode estar nos seguindo.

O ônibus passou por um buraco e os garotos sacolejaram nos bancos. Apesar de ainda serem quatro da tarde, já começava a escurecer. T'Challa olhou para o Lago Michigan, onde pequenas ondas se quebravam nas imensas rochas ao longo da margem. Nuvens escuras atravessavam o céu, ameaçando chuva. Um barquinho ao longe balançava na água, e T'Challa pensou em por que alguém sairia num tempo como aquele.

— Quem você acha que é? — M'Baku perguntou de novo. — Aquele homem.

— Não sei – T'Challa respondeu. – É por isso que precisamos ser cautelosos. Poderia ser um inimigo do meu pai.

— Por que você acha que o seu pai tem tantos inimigos?

Era um boa pergunta, T'Challa percebeu, e uma que jamais fizera a si mesmo.

— Imagino que existam muitos criminosos tentando obter o... você sabe o que de Wakanda.

— Vibranium – M'Baku sussurrou.

— Isso. E talvez, se me pegarem, conseguirão chegar até ele. Por meio de um resgate, ou algo assim.

M'Baku assentiu e se recostou no banco.

— Precisamos ficar próximos à embaixada – T'Challa disse baixo. – Devemos tomar *cuidado*.

— Tá, tá – M'Baku caçoou. – Precisamos manter o precioso príncipe a salvo.

T'Challa olhou para ele, mas não se sentia no clima para as brincadeiras do amigo.

CAPÍTULO 12

T'Challa saiu pelas escadas e subiu os degraus, distanciando-se de M'Baku, adormecido na cama depois de se empanturrar com o sorvete oferecido pelo serviço de quarto. Havia nove andares na embaixada, e o jovem príncipe subiu até o último com esperanças de encontrar acesso ao telhado.

Alguns minutos mais tarde, encontrava-se parado diante de uma porta verde na escadaria mal-iluminada. Virou a maçaneta: trancada. À sua esquerda, notou uma janela emperrada por conta das dobradiças enferrujadas. Virou uma delas e lascas avermelhadas caíram no paradeiro. Virou a outra, e então deslizou um painel da janela para cima.

Enfiou a cabeça por ela. Uma rajada de vento frio o recebeu e ferroou-lhe as bochechas. À direita, havia uma escada de incêndio posicionada ao lado da parede de tijolos aparentes. T'Challa soltou a respiração, estendeu o braço esquerdo para alcançar o degrau mais próximo e se balançou tentando agarrá-lo com o direito. Em seguida, subiu até o telhado do prédio.

Não precisou ir muito longe, mas algo o impulsionava. Aquilo parecia um pouco perigoso. E, tinha que admitir, sentia saudades dos momentos em que ele e M'Baku testavam seus limites em Wakanda.

As luzes da Avenida Michigan reluziam abaixo. T'Challa ouvia as buzinas e o zunido do trânsito. Sentia o ar noturno frio no rosto. Bateu levemente numa das contas do seu bracelete Kimoyo, e, um momento depois, uma tela apareceu e ficou pairando no ar, com o rosto do pai projetado nela.

– Filho – disse o pai.

– Pai – T'Challa o saudou. – Como você está? Como está o reino? Aconteceu alguma...

– Está tudo bem no momento – respondeu o rei, esfregando a testa. – Houve uma pequena confusão na periferia da cidade, mas fizemos os invasores recuarem.

T'Challa não se convenceu. O rosto do pai estava tenso e ele parecia cansado.

– Como *você* está, T'Challa? – o pai perguntou. – Você e M'Baku têm estado em segurança?

– Claro – respondeu. – Mas o senhor conhece M'Baku. Sempre querendo apimentar as coisas.

– Fique de olho nele. Se algo lhe acontecer, o pai dele jamais me perdoará.

T'Challa julgou a situação até engraçada – seu pai se preocupando com o que um de seus súditos pensaria dele. Era o rei, e poderia fazer o que bem entendesse sem sofrer as consequências. No entanto, ainda assim, tinha uma consciência. Era um homem justo e um rei sábio.

Havia algo que T'Challa queria perguntar. Inspirou fundo.

– E o Hunter?

O rei recuou da tela apenas um pouco. Hesitou um instante antes de prosseguir.

– Dei a ele uma posição muito importante. Algo que manterá nosso país a salvo.

T'Challa sentiu uma ferroada de ciúme.

– Qual? – perguntou.

– Iniciei uma força-tarefa de segurança chamada Hatut Zeraze.

– Cães de Guerra – T'Challa traduziu do idioma de Wakanda.

– Você sabe que Hunter é um excelente rastreador, T'Challa. Mesmo quando era novo. Ele está treinando jovens recrutas na arte da furtividade e de manobras, só para o caso de isso ser necessário...

Quando a luta começar, estarei ao lado do nosso pai, e não me escondendo nos Estados Unidos.

T'Challa sentiu-se desanimado.

– Não considere isso menosprezo, filho – o rei lhe assegurou. – Hunter é mais velho e tem a mente determinada, ainda que pronta demais para agir. Com o tempo, posso atenuar isso.

Diga o que quiser, irmãozinho. Mas, enquanto estiver fora, eu manterei o seu trono real aquecido.

– T'Challa – disse o rei. – Quando você voltar, poderão trabalhar juntos. Você e o seu irmão mantendo Wakanda livre de invasores.

T'Challa fingiu um sorriso.

– Claro, pai. Estou ansioso por esse dia.

Houve um momento de silêncio em que T'Challa não conseguia pensar no que dizer.

– Como está a escola? – o pai enfim perguntou. – Como está Chicago?

– Tudo bem – T'Challa respondeu, os pensamentos ainda em Hunter.

– Que bom – disse o pai. Então virou a cabeça de lado, deixando o perfil do rosto na tela. Assentiu, como se alguém falasse com ele. Voltou a atenção ao filho novamente. – Tenho que ir, T'Challa. Cuide-se, e, se houver algo a relatar, entrarei em contato.

E, simples assim, a tela se apagou.

T'Challa olhou para a noite de Chicago. O rosto de Hunter surgiu em sua mente. Viu o meio-irmão vestindo um uniforme imaculado, adornado com as cores de Wakanda, recebendo o respeito do pai.

Hatut Zeraze. Uma polícia secreta. *Por que papai lhe daria tamanho poder?*

Hunter por certo tentaria mandar em T'Challa quando voltasse para Wakanda.

Não vou permitir, prometeu a si mesmo. *Se tentar mandar em mim, ele terá uma bela surpresa.*

CAPÍTULO 13

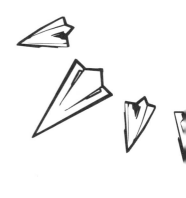

T'Challa caminhou pelos corredores, a cabeça ainda em Hunter e na conversa com o pai. Ela o incomodara a noite inteira, e o jovem ainda não conseguia esquecê-la. Era ciúme, simples e puro, mas não queria admitir isso.

Passou pelo local onde os gravetos haviam sido colocados. A comoção quanto a disso já desaparecera, mas ainda permanecia em sua mente. Havia algo estranho a respeito daquilo. Além de intencional, fora feito como uma espécie de declaração, mas T'Challa não sabia qual. Quase mexeu no bracelete Kimoyo para fazer uma anotação a fim de pesquisar a respeito quando estivesse sozinho, mas lembrou-se de que não podia fazer isso.

T'Challa entrou no ginásio e inspirou o conhecido aroma de meias sujas. O som da bola batendo no piso de madeira era tão alto quanto o de canhões. Acima do barulho, T'Challa ouviu diversos garotos se gabando:

Sou bom demais!

Você não joga nada!

Você joga como a sua mãe!

T'Challa definitivamente não ansiava pela educação física.

Naquela aula jogariam basquete, esporte sobre o qual T'Challa sabia bem pouco. M'Baku, por sua vez, estava animado. Em Wakanda, assistira ao Chicago Bulls diversas vezes em gravações antigas e se maravilhara com os jogadores na era de ouro de Michael Jordan e Scottie Pippen. Alguns outros partilhavam dessa paixão e jogavam com frequência. T'Challa, porém, não era um deles. Interessava-se mais em esportes individuais, como arco e flecha, escalada, natação – aqueles nos quais se aposta numa única pessoa: em si mesmo.

T'Challa examinou a cena ao seu redor. Gemini Jones, Deshawn e Bíceps estavam ali, flexionando os músculos e caçoando dos outros alunos, até o apito do Treinador Blevins ecoar pelo ginásio.

– Muito bem – disse ele. – Quero dois times. Vermelho e branco. Escolham um lado.

Todos se moveram até uma grande caixa de papelão no meio do ginásio. Por um momento, T'Challa não entendeu o que acontecia até que camisetas começaram a surgir. Então foi até a caixa e pegou uma branca do chão. M'Baku escolheu o time vermelho.

Após alguns minutos, depois de muitos empurrões e cutucões, aquietados pela intervenção do senhor Blevins, os times estavam reunidos.

– Ah – M'Baku disse, vendo a camiseta na mão de T'Challa. – Prepare-se para perder.

T'Challa riu e vestiu a camiseta.

Gemini Jones e os amigos estavam no time de M'Baku.

– Muito bem – entoou o senhor Blevins. – Todos já conhecem as regras. Não quero faltas, nem cotoveladas. Peguem a bola!

Depois de lançada para cima, a bola foi recuperada por um garoto alto do time de T'Challa. O jovem príncipe não sabia em que posição jogava, e, de repente, a bola apareceu voando na sua direção. Alguém a passara para ele. Estendeu os braços num reflexo e a pegou. Era estranho tê-la nas mãos, parecia uma pedra grande ou um bolo gigante. T'Challa a deixou cair no chão para driblar e...

Piiiiii!

O treinador apitou.

– Isso é o que chamamos de drible ilegal, senhor Charles. E tenho bastante certeza de ter notado dois passos também.

T'Challa nem sequer sabia o que fizera de errado.

A bola foi passada para M'Baku, posicionado na beirada da quadra. Ele a quicou algumas vezes, andando, antes de disparar a correr. T'Challa ficou admirado. O amigo parecia ter nascido para aquilo, tinha um talento natural. Passou a bola pelo meio das pernas, girou, desviando-se de um jogador do outro time, e disparou em direção à cesta. Saltou e...

Swish.

Palmas dos companheiros de equipe.

O Treinador Blevins assentiu em aprovação.

– Parece que temos um novo armador.

Alguns jogadores cumprimentaram M'Baku com leves tapas em suas costas. Gemini Jones foi um deles.

– Nada mal, África – disse.

M'Baku levantou a palma para um cumprimento, e Gemini retribuiu.

Mais tarde naquele mesmo dia, na Sala de Estudos, T'Challa refletia a respeito de um movimento de xadrez. Batia um dedo no cavalo de madeira, uma de suas peças prediletas. Estava distraído. Depois do jogo de basquete na educação física, M'Baku juntou-se a Gemini e os amigos dele, rindo e brincando. *O que seria aquilo?*, T'Challa pensou.

– Sua vez – Zeke disse, movendo a rainha.

T'Challa de pronto atacou e a pegou com seu cavalo.

– Mas que...? – Zeke gemeu, inclinando-se sobre o tabuleiro. – Como fez isso?

– Assim – T'Challa disse, repetindo o movimento.

Zeke balançou a cabeça, passando a mão pelos cabelos cortados rentes.

– Quer jogar mais uma?

T'Challa consultou o relógio.

Os olhos castanhos de Zeke se arregalaram.

– Ei – disse ele –, me deixe dar uma olhada nisso.

T'Challa preocupava-se tanto em não revelar a real natureza do seu bracelete Kimoyo que se esquecera de que o relógio era ainda mais extraordinário; nada semelhante a um relógio normal. A pulseira prata, com cerca de cinco centímetros de largura, contava com uma opaca tela preta incrustada na superfície.

T'Challa hesitou. Puxou a manga e estendeu o braço.

Zeke endireitou os óculos nariz acima e encarou o aparelho no pulso do amigo.

– Onde estão os números? – perguntou, perplexo. – Isto é, não vejo nada.

T'Challa olhou ao redor da sala. Estavam numa mesa de canto, nos fundos. Então passou a ponta do indicador sobre a superfície lisa preta. Por um instante, nada aconteceu, mas, em seguida, a tela explodiu em cores com números e símbolos se movendo. Zeke observou admirado a pequena projeção tridimensional que se ergueu no ar, mostrando a hora e a data. Letras e números pareciam sólidos, como fosse possível apanhá-los. Zeke estendeu uma mão hesitante.

T'Challa passou a mão pela imagem, e esta desapareceu.

A boca de Zeke continuava aberta.

– Onde você arranjou isso?

T'Challa fez uma pausa e olhou ao redor, sentindo-se grato por ninguém ver sua pequena demonstração de tecnologia wakandana.

– Foi feito sob encomenda para mim.

Zeke ergueu uma sobrancelha, cético.

– Feito *sob encomenda*? Onde?

T'Challa se repreendeu. No que estivera pensando?

– Lá em casa – respondeu. – Foi feito no Quênia.

– Hum – Zeke grunhiu. – Interessante.

T'Challa engoliu em seco, prometendo a si mesmo ser mais cuidadoso no futuro.

CAPÍTULO 14

T'Challa observou fascinado enquanto sua respiração se condensava no ar. Apesar do frio, ele e os amigos queriam se afastar do barulho do refeitório, então se sentaram na arquibancada que cercava o campo de futebol. Zeke lia uma de suas *graphic novels*, virando páginas em silêncio, parando de vez em quando para tomar sua bebida, enquanto Sheila, sentada ao lado, remexia um pequeno cubo com cores diferentes.

– O que é isso? – T'Challa perguntou.

– Um brinquedo muito antigo – Zeke respondeu, sem levantar o olhar.

As mãos de Sheila se moviam com rapidez, quase num borrão.

– Só porque você não consegue resolvê-lo, isso não o torna algo bobo – ela retrucou.

No momento em que T'Challa ouviu um clique ressonante, Sheila ergueu a caixinha.

– Isto é um Cubo de Rubik, também conhecido como Cubo Mágico.

– Posso ver? – T'Challa pediu.

Sheila o entregou a ele.

T'Challa começou a virar os lados do cubo, tanto no sentido horário quanto no anti-horário.

– Você precisa deixar todos os lados com apenas uma mesma cor – Sheila explicou.

T'Challa inclinou a cabeça e voltou ao trabalho.

– Eu poderia lhe contar como resolver – Sheila disse –, mas acabaria com a graça da coisa.

O jovem príncipe continuou a girar as partes do cubo.

– Ah, estou entendendo...

Gritos altos interromperam sua concentração. Quando se virou na direção da quadra externa de basquete, por mais que estivesse frio, notou um jogo em andamento. Gemini segurava a bola, jogando agressivamente, chocando-se com os jogadores. T'Challa observou M'Baku abrir caminho às cotoveladas até cravar a bola na cesta.

– Cesta! – Deshawn festejou.

Zeke ergueu o olhar do livro.

– Parece que Marcus fez novos amigos – disse baixinho.

T'Challa permaneceu em silêncio por um instante.

– É – enfim concordou –, parece que sim.

– Não sou ligado em basquete – Zeke comentou. – Isto é, não entendo de esportes. Futebol americano em especial. Por que as pessoas querem ficar se chocando umas contra as outras?

T'Challa, porém, não prestava muita atenção. Olhava para M'Baku, que parecia se divertir como nunca.

Mais tarde naquele mesmo dia, no ônibus de volta para casa, T'Challa cutucou M'Baku com o cotovelo.

– Quer dizer que entrou para o time de basquete?

M'Baku se virou no banco.

– Entrei. O treinador disse que posso ser um bom armador.

T'Challa assentiu, mesmo sem entender o que isso significava.

– Então está gostando de ficar com Gemini e os amigos dele?

– Eles são legais depois que você os conhece. Recebem respeito, entende?

– Respeito?

– É. Não quero que as pessoas só pensem que sou um estudante de intercâmbio vindo da África. E, como não posso contar a ninguém de onde de fato sou, quero garantir que terei o respeito que mereço.

T'Challa inclinou a cabeça. A atitude era típica de M'Baku. Sempre preocupado com o que outros pensavam dele.

– Então, o que vai fazer?

M'Baku deu de ombros.

– Não sei. Você pode ficar com aqueles nerds esquisitos, mas, depois que eu entrar de vez no time, vou mudar um pouco as coisas.

T'Challa estreitou os olhos.

– O que isso significa? Qual é o problema com o Zeke e a Sheila?

– O Gemini diz que são perdedores. Disse que é preciso ficar com as pessoas certas na South Side.

T'Challa custava a acreditar no que ouvia. O ônibus chegou a uma parada e mais passageiros entraram.

– Então vai deixar que outras pessoas ditem o que você tem que fazer?

M'Baku não respondeu.

– Bem – T'Challa disse, quebrando o silêncio –, Zeke e Sheila são pessoas legais. Não é justo chamá-los de nerds.

M'Baku exibiu um pequeno sorriso de escárnio.

– Quem foi que disse que a vida era justa?

T'Challa abriu a boca, surpreso, mas voltou a fechá-la. O ônibus bateu na tampa de um bueiro e T'Challa balançou no banco.

– Entenda – continuou M'Baku –, você não tem que se preocupar com coisas assim. Pode conseguir o que bem quiser, quando quiser. É um príncipe, T'Challa. Nasceu em berço de ouro. O restante de nós precisa conquistar isso.

M'Baku se virou para olhar pela janela.

Os dois não voltaram a conversar durante o restante do trajeto.

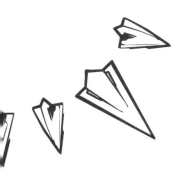

CAPÍTULO 15

Havia cartazes espalhados por toda a escola na manhã seguinte – no refeitório, nas salas de aula, até mesmo nos banheiros. Não era possível evitá-los:

SHOW DE TALENTOS DA
ESCOLA DE ENSINO FUNDAMENTAL SOUTH SIDE
Você acha que é uma superestrela?
Mostre pra gente!
Mostre-nos o que há de melhor
em você e poderá ganhar material
escolar e ingressos para o cinema!

Zeke e T'Challa fitaram os cartazes amarelos e verdes no corredor.
– O que acha? – Zeke perguntou. – Talvez a gente possa fazer um torneio de xadrez?
– Não acredito que isso seja excitante o bastante – T'Challa confessou.
– Bem, talvez se você fizer uma demonstração de luta livre – Zeke sugeriu.
T'Challa pensou a respeito.
– Não sei, não – disse. – E quanto a você?

Zeke mordeu o lábio.

– Bem, eu gosto muito de ler.

– Também não acho que isso dê certo.

– Eu sei o que vou fazer – uma voz soou atrás deles.

T'Challa se virou e viu Sheila carregando uma maleta prateada.

– Vou fazer um experimento científico.

– Que tipo de experimento? – T'Challa quis saber.

– Bem – disse ela –, vou criar neblina no meio do auditório.

– Neblina? – Zeke repetiu. – Como?

– Nem é muito difícil – Sheila respondeu. – Só vou precisar dos elementos certos.

– Boa sorte com isso – Zeke brincou.

– Tudo bem, mas qual é o seu talento especial? – Sheila retrucou. – Ser um palhaço?

– Sei que você é, mas será que eu sou? – Zeke devolveu o comentário.

– Eu sei que *você* é – Sheila rebateu.

T'Challa passou a mão na cabeça para a frente e para trás enquanto os dois continuavam a se atacar.

Estivera tão ocupado que se esquecera por completo do projeto de ciências. O professor, o senhor Bellweather, pedira o tal projeto no primeiro dia de aula. T'Challa precisava de uma ideia, e felizmente uma logo surgiu.

Mais tarde naquela noite, enquanto M'Baku treinava basquete, T'Challa se aproximou da recepção à procura de Clarence, e o encontrou de cabeça baixa, digitando. O jovem deu uma tossidela, e Clarence ergueu o olhar. T'Challa entregou-lhe um pedaço de papel por cima da bancada de mármore.

– Sabe onde posso encontrar todos estes itens? – perguntou.

Vinte minutos mais tarde, depois de uma breve caminhada até um lugar chamado Wallgreens, T'Challa observava todas as partes agrupadas no chão do quarto na embaixada: um pequeno motor, rodas de plástico, barras de metal, molas, arruelas, parafusos de diversos tipos e duas pequenas lanternas.

Bem que eu queria ter algumas das minhas ferramentas de Wakanda, pensou ele. *Ah, tudo bem, vou fazer algo apenas básico. Nada avançado demais.*

Precisou de uma hora para terminar.

No dia seguinte, levou o projeto à aula de Ciências, junto com o controle remoto da TV, que modificara.

– Quem é o próximo? – perguntou o senhor Bellweather, um homem alto e careca cujas calças estavam sempre curtas demais. Consultou seu tablet. – T. Charles, vamos lá.

T'Challa pegou a caixa que deixara no chão e foi até a frente da sala.

– Então, o que fez? – perguntou o senhor Bellweather.

– Um robô – T'Challa respondeu.

O senhor Bellweather assentiu, e T'Challa notou a descrença por trás dos olhos dele.

– Mesmo? Bem, vamos vê-lo.

T'Challa retirou o invento da caixa e o colocou no chão. Apontou o controle remoto para ele e, ao apertar o botão PLAY, o pequeno invento virou, emitiu um clique e depois deu a volta. Todos começaram a murmurar e a apontar.

O senhor Bellweather se levantou e olhou para a pequena invenção, que se virava e girava.

– Queria que fosse ativado por voz – T'Challa explicou –, mas não tive tempo.

O senhor Bellweather andou num círculo ao redor do robô, curioso.

– Isso é bem avançado, T. Charles. Onde aprendeu?

Avançado?, T'Challa pensou. Ele tirou o robô de um canto.

– Fui experimentando – respondeu.

Meia hora mais tarde, havia uma multidão ao redor de T'Challa na sala de refeições, enquanto o robô virava em círculos, piscava e corria por baixo de mesas e cadeiras.

Que incrível!

Pode fazer um para mim?

Cara, esse robô é zoado.

– Zoado? – T'Challa perguntou. – O que é isso?

Sheila riu.

– Quer dizer que é *legal*, T.

No entanto, diversas pessoas ficaram para trás quando alguém rapidamente foi abrindo caminho em meio ao grupo.

Uma bota grande se pôs acima do robô.

CRUNCH!

Molas e parafusos voaram pelos ares. O robô deu um último giro e parou de se mover.

T'Challa ergueu o olhar.

Era Gemini Jones.

– Puxa – disse Gemini. – Mancada minha.

O sangue de T'Challa ferveu, e ele deu um passo na direção de Gemini com os punhos cerrados. Cadeiras rasparam no assoalho quando as pessoas recuaram.

Ai, ai...

Briga!

T'Challa se virou a tempo de ver uma professora de educação física vir correndo. Imaginou que a mulher, alta e com os cabelos presos em um rabo de cavalo muito severo, fosse a professora de educação física das meninas. Ela baixou o olhar para o robô esmagado.

– Isso é seu? – perguntou a T'Challa.

– Era – respondeu ele.

Então se virou para Gemini.

– Eu devia saber que você estaria no meio dessa situação, senhor Jones. Foi o responsável por isso?

Gemini emitiu uma risada de escárnio.

– É, quebrei o robozinho dele. E daí?

A professora contraiu os lábios.

– Minha sala – disse ela. – Agora.

– Até mais, África – Gemini lhe disse antes de seguir a professora para longe dali.

T'Challa baixou o olhar para sua criação destruída. Em seguida, inclinou-se para recolher os pedaços.

Ele conhecia pessoas como Gemini em Wakanda. E, normalmente, elas não faziam nada de bom.

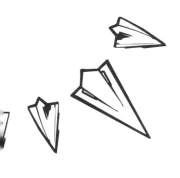

CAPÍTULO 16

No dia do show de talentos, as crianças encheram o auditório, fazendo barulho e algazarra. T'Challa se sentou com Zeke mais para a frente a fim de verem direito a apresentação de Sheila. Um grupo de garotos barulhentos no fundo chamou a atenção de ambos. M'Baku estava junto a um punhado de garotos da gangue do Gemini. T'Challa teve quase certeza de que M'Baku o vira, mas, quando seus olhos se encontraram, o amigo rapidamente desviou os dele com uma expressão culpada.

T'Challa balançou a cabeça. Nos últimos tempos, via M'Baku apenas durante as poucas aulas que tinham juntos e na embaixada. O garoto passava bastante tempo nos treinos de basquete e, quando não estava treinando, juntava-se a Gemini e aos amigos dele. Inclusive desistira de se sentar com T'Challa na hora do almoço, preferindo ficar à mesa de Gemini e dos amigos. T'Challa não admitia, mas estava magoado.

Virou-se para a frente e viu diversos alunos com instrumentos musicais, incluindo uma tuba, um saxofone e um bumbo. Uma menina usava roupas de bailarina e outra carregava arco e flecha. *Uma arqueira?*, T'Challa deduziu. Desejou que ela ficasse em segurança, afinal, uma flecha à solta no auditório não teria bom resultado.

O barulho no auditório aumentou, e, no momento em que atingia a altura máxima, a senhora Evans subiu ao palco, os sapatos clicando no piso.

– Sejam todos bem-vindos – disse, apoiando-se no púlpito do microfone. – Acalmem-se, por favor. – O microfone emitiu um som agudo, e todos cobriram os ouvidos. – Muito bem – a senhora Evans anunciou –, nossa primeira participante é Sheila Williams. Uma salva de palmas.

T'Challa e Zeke aplaudiram e assobiaram alto quando Sheila apareceu de trás da cortina. A garota carregava uma mesa dobrável que rapidamente foi armada. Em seguida, abriu a maleta prateada e dispôs diversos béqueres na mesa. Só então se virou para a plateia, que explodiu numa gargalhada.

Sheila usava óculos de proteção grandes demais, tornando seus olhos enormes. Mas a jovem os ignorou e ergueu a cabeça. *Muito bem*, pensou T'Challa, cruzando os dedos.

Sheila inspirou fundo.

– Olá – começou, e sua voz foi levada pelo local. – Hoje vou criar névoa no auditório.

Silêncio ensurdecedor.

Sheila deu uma tossidela, criando o maior eco que T'Challa já ouvira, rebatendo no teto alto e nas paredes. Então se virou e começou a mexer nos instrumentos de laboratório. T'Challa ouviu a batida de uma colher num vidro. Não sabia o que a colega estava fazendo, mas ela parecia absolutamente compenetrada. Por fim, quando a plateia já começava a se mostrar impaciente, uma nuvem roxa se ergueu atrás da garota. Todo o público se inclinou à frente. A senhora Evans observava atentamente da lateral do palco.

A fumaça se elevou e, em vez de se dissipar, outra nuvem de vapor surgiu da mesa de trabalho de Sheila.

Houve uma batida, seguida de um arquejo. A senhora Evans deu uns passos adiante. Uma nuvem vermelho-arroxeada se ergueu acima de Sheila, em direção ao teto.

– Ooooohhhh – exclamou a plateia em uníssono, inclinando os pescoços para trás.

Sheila sorriu, aproveitando o momento de admiração. Voltou a se concentrar nos béqueres, mexendo, batendo com a colher no vidro, murmurando consigo mesma. Uma nuvem rosada se juntou à roxo-avermelhada, pairando no ar como uma nuvem de tempestade prestes a se romper. Uma saraivada de aplausos explodiu quando Sheila agradeceu.

– Muito bem – parabenizou a senhora Evans, caminhando para o centro do palco depois que a névoa se dissipou. – Isso com certeza foi espetacular, Sheila. Pode nos contar como conseguiu?

Sheila retirou os óculos de segurança e esfregou os olhos.

– Na verdade, é bem simples. Trata-se de uma reação de iodo com zinco. A reação exotérmica vem do calor, embora eu talvez tenha usado um tantinho de iodo a mais.

A senhora Evans sorriu sem graça.

– Muito bem... – disse ela. – Isso foi bastante... interessante, Sheila. Vamos aplaudir uma vez mais!

A plateia aplaudiu e assobiou. *Ela é ótima em ciências,* T'Challa pensou, e desejou poder mostrar-lhe um pouco da tecnologia wakandana.

Sheila agradeceu de novo, depois pegou seus pertences e saiu do palco.

– Isso foi bom demais – Zeke disse.

– Foi, sim – concordou T'Challa. – Excelente.

O jovem acompanhou as outras apresentações, sendo a mais interessante a de uma garota que cantou o que chamou de "antiga canção medieval". Apesar de T'Challa não a conhecer, a voz da menina se espalhou pelo auditório, transmitindo-lhe uma completa sensação de paz.

Essa sensação, porém, logo foi interrompida.

A senhora Evans retornou ao palco.

– Todos em silêncio agora – pediu. – Temos mais uma demonstração. – Pegou o bloco de anotações e inclinou a cabeça. – Senhor Gemini Jones?

T'Challa sentiu-se tão confuso quanto a senhora Evans. O que Gemini faria? Entraria numa competição de queda de braço com alguém?

– Assassino de robôs – Zeke sussurrou.

Gritos de "arrebenta, Gemini" tomaram a plateia.

T'Challa observou o garoto caminhar lentamente até o palco. Então pegou o microfone da mão da senhora Evans e acenou com o outro braço para a plateia, que continuou a aplaudi-lo. A senhora Evans, um tanto atordoada, voltou para a lateral do palco.

Assim que todos se aquietaram, o silêncio se espalhou pelo público. Gemini aproximou o microfone da boca.

– Vou precisar de um voluntário.

Houve uma pequena movimentação e murmúrios até uma menina se levantar.

– Aliyah! – alguém exclamou na plateia.

T'Challa observou a garota subir ao palco. Seu cabelo exibia vários dreadlocks, um costume também em Wakanda.

– Preciso de uma cadeira – Gemini disse.

A senhora Evans trouxe uma cadeira da coxia, na qual Aliyah se sentou. A garota apoiou as mãos nos joelhos. A senhora Evans permaneceu a alguns metros de distância.

Gemini se virou para a plateia.

– Quem aqui acredita em magia? – Perguntou.

Algumas mãos se ergueram, incluindo a de Aliyah.

Gemini sorriu.

– Muito bem, hoje vocês verão algo que os fará perder a cabeça!

Aliyah se mexeu na cadeira. A senhora Evans observava tudo com curiosidade. Gemini se virou para a garota, abaixando-se um pouco em razão de sua estatura. Ergueu a palma na frente do rosto dela.

– O que você vê na minha palma? – perguntou a Aliyah.

A menina se inclinou para a frente, crispando o rosto para enxergar melhor.

– Nada – respondeu.

A multidão riu.

– Que truque de mágica! – alguém caçoou na plateia, provocando risadas.

Gemini olhou para a plateia e sorriu, mas não um sorriso gentil. Em seguida, depositou o microfone no chão, empertigou-se e fechou os olhos. Levou as mãos unidas à boca, como se dissesse algo dentro delas. Depois de um instante, abaixou-as.

– Revele-se – disse, e virou a palma na direção de Aliyah.

Ela berrou.

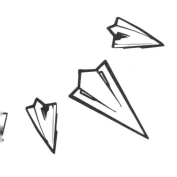

CAPÍTULO 17

– Mas o que ela viu? – Sheila perguntou a T'Challa.

– Não sei – o garoto respondeu.

Houve toda espécie de boatos quanto ao que Aliyah vira. Alguns afirmavam ser uma cobra; outros, um inseto; e alguém disse ser o reflexo dela.

T'Challa sentia-se determinado a descobrir.

No entanto, não conseguiu perguntar à jovem. Toda vez que via Aliyah nos intervalos, uma multidão a cercava. Para T'Challa, a garota parecia apenas querer se livrar de tudo aquilo.

Mais tarde naquela noite, na embaixada, T'Challa e M'Baku estavam largados na cama. O jovem príncipe lia um livro de ciências enquanto o amigo folheava outro sobre basquete. A mente de T'Challa insistia em retomar a estranha demonstração de magia de Gemini.

– Você sabe como Gemini Jones fez aquele truque? – perguntou por fim.

– Não – o amigo respondeu, sem tirar os olhos do livro.

T'Challa enrijeceu. M'Baku se tornara cada vez mais distante nos últimos dias. Havia uma pausa estranha entre os garotos, algo que jamais acontecera.

– O que está havendo com você, M'Baku? – T'Challa exigiu, finalmente rompendo o silêncio do quarto. – Parece... Sei lá. Diferente.

M'Baku apoiou o livro sobre os joelhos esticados.

– Você nunca se cansa de ficar aqui? – o amigo questionou, olhando ao redor do quarto como se o lugar lhe provocasse aversão. – Olha só, estamos nesta imensa cidade e não fizemos nada de verdade. Gemini disse que posso ficar com ele e com o pai dele se quiser. Disse que me mostraria a cidade.

– Como é? – T'Challa perguntou, surpreso.

– Ele disse que haveria comida maravilhosa todas as noites e que poderíamos jogar videogame o quanto quiséssemos.

– Mas não podemos chamar atenção – T'Challa o alertou. – Lembra? Nada de ficarmos vagando numa cidade desconhecida.

– Não vim de tão longe para ficar escondido – M'Baku retrucou.

T'Challa meneou a cabeça.

– Tanto faz – M'Baku replicou.

O silêncio constrangedor surgiu novamente. T'Challa retomou os estudos. Não conseguia entender o que acontecia com o amigo.

M'Baku virou as páginas do livro. Parecia que T'Challa nem sequer ocupava o mesmo quarto. Por fim, ergueu o olhar para o outro.

– Olha só. Fui aceito no time. O primeiro jogo é amanhã à noite. Vai ver?

T'Challa exalou um suspiro.

– Sim – respondeu. – Estarei lá.

No dia seguinte, na escola, T'Challa engajou-se numa missão. Deixou o problema com M'Baku de lado por um momento e se esforçou para encontrar Aliyah e lhe perguntar o que vira.

Encontrou a garota entre uma aula e outra, no corredor, guardando uns livros no armário. Dessa vez, estava sozinha. Na mochila dela havia uma imagem de um gato com o logotipo HELLO KITTY.

– Com licença, Aliyah? – T'Challa a chamou baixinho.

A jovem se virou. Tinha gentis olhos verdes e sardas, o que T'Challa considerou inusitado em alguém de pele morena. Além disso, também gostava dos dreadlocks dela.

– Oi – Aliyah disse. – Você é o T., certo? Fez aquele robô legal sobre o qual todos comentaram.

– Sim – respondeu, um pouco encabulado. *Até Gemini o esmagar.*

Ambos permaneceram em silêncio enquanto outros garotos passavam no corredor.

– Hum – T'Challa começou. – Bem, queria te fazer uma pergunta.

Aliyah suspirou.

– Sobre ontem?

Agora o jovem se sentiu mal. Não queria incomodá-la. Expeliu o ar.

– Eu só... Muitas pessoas andam comentando o que aconteceu. Se não se importar – ele se remexeu sobre os pés –, poderia me contar o que viu?

Aliyah baixou o olhar e em seguida o ergueu. Relanceou para a direita, depois para a esquerda.

– Eu só vi por um segundo – disse.

– O quê? – T'Challa perguntou. – O que viu?

Aliyah exalou o ar longamente.

– Foi um olho – sussurrou.

T'Challa ficou imóvel, sem acreditar no que ouvira.

– Vi um olho – a garota repetiu. – Um olho no centro da palma de Gemini Jones. E ele... piscou para mim.

CAPÍTULO 18

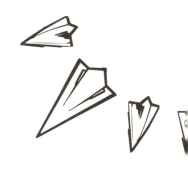

— O que mais vocês sabem sobre Gemini Jones?

Os costumeiros barulhos e vozerio do refeitório forçavam T'Challa a levantar a voz, mas ele olhou ao redor desconfiado antes de perguntar.

— Por quê? — Sheila quis saber.

— Sei lá, acha que esse negócio de ser um feiticeiro tem algum fundamento? Ou ele só gosta de assustar as pessoas?

— Acho que é verdade — Zeke respondeu, erguendo o olhar do livro. — Uma vez, Edwin Sharp disse que Gemini pôs uma praga nele de modo que não conseguiu falar durante um dia inteiro.

— Não conseguia falar? — T'Challa questionou.

Sheila desviou o olhar do celular.

— Ah, eu me lembro disso. Ele disse que não conseguia mexer a boca, não é? Ninguém acreditou.

Houve um momento de silêncio.

T'Challa mudou de posição no banco.

— Aliyah disse que viu um olho na palma do Gemini, e que ele piscou para ela.

— Uau, isso é esquisito — Zeke comentou.

– E – T'Challa prosseguiu – Gemini e os amigos todos usam anéis de caveiras.

– Eles só devem estar tentando assustar – Zeke sugeriu.

– Talvez – T'Challa disse.

Ouviu-se um grito no refeitório.

Cabeças se viraram.

– Mas o quê...? – Zeke perguntou, já se levantando.

Cadeiras arranhando o chão e vozes elevadas tomaram conta do refeitório. Uma multidão se formou, avolumando-se num canto perto da saída. Os três amigos se apressaram até a comoção, e T'Challa abriu caminho para ficar na frente.

A respiração sufocou-lhe a garganta.

Lá estava de novo.

Outra daquelas coisas estranhas feitas de gravetos, como a que vira na primeira semana na escola.

Essa, porém, era diferente.

Havia sangue ao redor.

T'Challa olhou para a esquerda, depois para a direita. Todos se concentravam no estranho objeto. O jovem rapidamente ergueu a manga e pressionou uma pequena conta do bracelete Kimoyo.

T'Challa entrou numa sala vazia antes de seguir para a aula de Francês. Fechou a porta e apertou a conta do bracelete. Uma pequena tela surgiu em pleno ar, projetando a imagem do objeto misterioso. O jovem olhou para a porta, apreensivo, e então tocou na tela. Pequenas linhas de código começaram a se formar ao longo do pé da imagem, terminando num bipe. T'Challa olhou para o resultado:

Armadilha do Diabo
Vodu/hudu americano
Usado para capturar e invocar espíritos e demônios

Tocou na conta e a imagem sumiu. Já ouvira sobre vodu. Tratava-se de uma religião antiga, inclusive praticada por diversos grupos em Wakanda, os quais, segundo os próprios hábitos, não acreditavam na Deusa Pantera, Bast, nem nas regras dos reis seguintes. O pai de T'Challa os deixava em paz, desde que não influenciassem os outros.

Sentiu-se de fato curioso. Gemini teria alguma parte naquilo?

– O que vimos é chamado de Armadilha do Diabo – T'Challa informou Zeke e Sheila mais tarde, naquele mesmo dia. – Fui procurar.

– Armadilha do Diabo – Zeke repetiu sem revelar qualquer emoção.

– Para que serve? – Sheila perguntou.

– É um tipo de vodu – T'Challa respondeu. – Para capturar espíritos. – Fez uma pausa. – Ou para... invocá-los.

Zeke engoliu em seco.

– Por que alguém colocaria algo assim aqui? Na escola?

– Alguém está armando um tipo de brincadeira – Sheila respondeu. – O Halloween está perto, lembram?

T'Challa, porém, não tinha tanta certeza.

Algo estava acontecendo na Escola South Side.

E ele descobriria o quê.

CAPÍTULO 19

– Wildcats! Wildcats! Vamos, Wildcats!

A cantoria das líderes de torcida junto aos rufares dos tambores atravessava toda a torcida nas arquibancadas. T'Challa sentara-se ao lado de Zeke e de Sheila. Apesar do barulho ensurdecedor, mantinha os pensamentos sobre a estranha Armadilha do Diabo ou sobre o truque de Gemini.

– Não sei por que me arrastaram para isto – Zeke reclamou.

– Bem – disse Sheila. – Eu *gosto* de basquete. O espírito dos Wildcats, entende?

Zeke deu de ombros.

– Obrigado por virem – T'Challa agradeceu. – Vocês dois. Não queria vir sozinho.

– Está me devendo uma – Zeke disse, tirando um livro da mochila.

Piiiiiii!

O jogo começou sob aplausos clamorosos. Os Razors, time adversário de uma escola do sul do estado, entraram na quadra com vontade. T'Challa avistou M'Baku na fila dos jogares dos Wildcats.

O jovem acompanhou o jogo com interesse e definitivamente percebeu as habilidades envolvidas no amigo. M'Baku parecia presente em toda grande jogada, desde os lances de três pontos até as roubadas de bola. No intervalo, T'Challa observou fascinado um aluno com uma fantasia dos Wildcats pulando como um louco.

– Já acabou? – Zeke perguntou, desviando o olhar do livro.

– Este é o último tempo – Sheila respondeu. – O placar está empatado.

– Fascinante – Zeke comentou, e voltou para o livro.

T'Challa observou a dinâmica entre M'Baku e Gemini Jones. O jogo fluía sem problemas. Os garotos estavam em sintonia no jogo e pareciam antecipar os pensamentos um do outro; T'Challa sentiu uma pontada de ressentimento.

Seria ciúme? Seria isso o que sentia?

Não, disse a si mesmo. Ele apenas *não gostava* de Gemini Jones – não gostara do modo como o abordara assim que se conheceram, do modo como exigira a queda de braço, e definitivamente nem um pouco da maneira como destruíra seu robô.

– Ah, não – Sheila comentou. – Só falta um minuto.

A multidão no ginásio se moveu à frente nos bancos. T'Challa olhou para o placar: Wildcats 98, Razors 99.

– Só dez segundos! – Sheila exclamou.

O rugido atingiu um nível ensurdecedor. O canto de "Wildcats! Wildcats!" tinia nos ouvidos de T'Challa. Os pés batiam na arquibancada, sacudindo o ginásio inteiro.

M'Baku recebeu a bola. T'Challa sentiu o coração dentro do peito. Aquilo era *muito* excitante.

O amigo foi descendo pela quadra. Girou, como daquela vez na aula de Educação Física, mirou e...

Swish!!

... marcou o ponto vencedor.

Alunos invadiram a quadra aos gritos, cercando o time. M'Baku socou o ar com o punho. O suor jorrando. Um grupo de jogadores o ergueu.

– Marcus! Marcus! – cantarolaram enquanto desfilavam com ele pela quadra. – Marcus! Marcus!

M'Baku sorria como T'Challa jamais tinha visto. Aproveitava seu momento, no centro das atenções, como sempre quisera. Os jogadores do time adversário posicionaram-se nas laterais da quadra, derrotados.

– Uau! – exclamou Sheila. – Que jogo!

– Foi mesmo – T'Challa concordou.

T'Challa, Sheila e Zeke desceram das arquibancadas. Os Wildcats dirigiram-se ao vestiário recebendo cumprimentos ao longo do caminho, tanto dos alunos quanto dos professores. T'Challa avistou M'Baku e inspirou fundo.

– Foi um lindo jogo – disse. – Bela jogada no final.

– Obrigado, cara – M'Baku agradeceu. – Eu fui um Michael Jordan!

– E aí, Marcus – Gemini Jones surgiu por trás de M'Baku, apertando-lhe o ombro com a mão. – Vamos todos comer pizza. Por conta do treinador. – Então olhou para T'Challa. – Só o time.

O jovem sorriu meio sem jeito.

M'Baku assentiu.

– Te vejo mais tarde, T. – disse, e prosseguiu para o vestiário.

Gemini virou-se para T'Challa quando já haviam se afastado alguns passos.

– Isso aí – repetiu com sarcasmo. – Até mais, T.

T'Challa permaneceu na lateral da quadra observando o amigo desaparecer no meio dos outros jogadores e dos fãs.

CAPÍTULO 20

T'Challa e os amigos deixaram o ginásio e seguiram para a saída. Sentiu uma rajada de ar frio quando Zeke abriu a porta. Permaneceram no estacionamento, observando os professores e pais entrarem nos carros para irem para casa. O asfalto preto reluzia sob a luz dos postes espalhados no estacionamento.

– Ainda está cedo – Sheila comentou. – Estou com fome. Alguém a fim de uma pizza?

Após uma breve caminhada, encontraram uma pizzaria no Hyde Park, um dos maiores bairros do South Side. T'Challa pediu uma fatia de massa grossa com cogumelos, pimentões e pepperoni. Sheila optou por uma salada verde enquanto Zeke decidiu pelo sanduíche de filé com queijo. T'Challa mordeu sua fatia e pensou: *Se M'Baku pode sair com os amigos dele, eu também posso.*

– Eu estava pensando – Sheila começou. – Aquelas coisas na escola. Aquelas Armadilhas do Diabo.

T'Challa engoliu.

– O que tem?

– É tudo tão estranho – respondeu Sheila. – As armadilhas, o truque do Gemini.

– Talvez as coisas estejam ligadas – Zeke opinou. – É bem a cara dele invocar um demônio.

– Só existe um problema – Sheila disse.

– Qual? – Zeke perguntou.

Sheila perfurou um tomate cereja com o garfo.

– Demônios não existem.

No ônibus para casa, os pensamentos de T'Challa vagavam. Talvez Gemini fosse mesmo uma espécie de feiticeiro e estivesse usando algum feitiço para afastar M'Baku. Mas com que propósito?

O garoto desceu do ônibus um quarteirão antes e retornou andando à embaixada, as orelhas tinindo pelo vento frio. Ao passar por uma loja de artigos esportivos, viu manequins em tamanho real, congelados, vestindo camisetas de times de basquete e bonés de beisebol.

Uma figura sombria à frente saiu de um beco.

T'Challa pensou ter visto uma boina – ou apenas imaginava coisas? Seria o mesmo homem de novo? Aquele que com certeza o vinha seguindo?

Após alguns poucos passos, parou diante do beco.

Ninguém ali, apenas a silhueta de um rato correndo em meio a pilhas de lixo.

T'Challa deslizou o cartão pela porta do quarto na embaixada e entrou.

M'Baku ergueu o olhar diante de uma mala aberta, cheia de roupas.

T'Challa permaneceu parado, de boca aberta.

– O que está fazendo?

O amigo jogou uma camiseta de basquete na mala.

– Vou ficar com Gemini e o pai por um tempo. Preciso sair daqui. Conhecer melhor a cidade.

T'Challa fechou a porta atrás de si e sentou-se na cama.

– Acha mesmo que isso é o melhor a fazer? Se o seu pai descobrir...

– Mas ele não vai, né? – M'Baku o interrompeu. – A menos que alguém acabe contando para ele.

T'Challa suspirou. O que poderia fazer? Não forçaria o amigo a ficar, e, se contasse para o pai, M'Baku se meteria em ainda *mais* problemas.

– M'Baku – começou –, olha só, sei que você quer...

– Estou cansado de viver à sua sombra.

As palavras atingiram T'Challa como uma flecha.

M'Baku mexeu nas roupas da mala sem de fato arrumá-las.

– Desde que éramos pequenos, sempre fiquei em segundo plano. – Ergueu os braços num gesto amplo. – Amigo do poderoso príncipe. Bem, chegou a hora de eu fazer o meu próprio caminho, e farei isso *aqui*. Em Chicago.

T'Challa sentiu-se atordoado.

– O que isso significa?

M'Baku deu de ombros.

– Não sei. – Fechou o zíper da mala e a colocou no chão. – Talvez eu fique aqui em vez de voltar para Wakanda. Gemini disse que o pai dele poderia me ajudar por um tempo. Talvez eu consiga uma bolsa por conta do basquete, sabe? E me junte aos profissionais.

– Não acho que seja fácil assim – T'Challa comentou.

– Tá vendo? – M'Baku disse, um sorriso sério no rosto. – Outra vez achando que não sou tão bom quanto você.

– Não foi isso o que eu disse...

– Não importa – M'Baku retrucou, apanhando a jaqueta.

– O que Gemini está aprontando? – T'Challa perguntou rapidamente, antes que a oportunidade passasse. – Aqueles anéis de caveira? O que significa aquilo? Você sabe algo a respeito daqueles ninhos estranhos?

O jovem levantou o puxador da mala com um clique.

– Não – respondeu, e se dirigiu à porta.

– M'Baku, não vá – T'Challa pediu.

Mas o amigo abriu a porta e, sem olhar para trás, puxou a mala para fora do quarto.

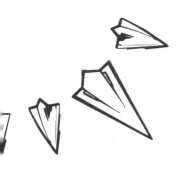

CAPÍTULO 21

O brilho do horizonte de Chicago entrava pelas cortinas fechadas. T'Challa estava na cama, pensando.

O quarto era estranho sem M'Baku.

Por que o amigo resolveu ir embora de repente?

Eu deveria ligar para o meu pai, pensou. *Contar o que está acontecendo.*

Não. Devo resolver isso nos meus próprios termos.

O que quer que esteja acontecendo com M'Baku é algo entre mim e ele.

O dia seguinte na escola passou rápido, mas T'Challa se manteve distraído, pensando em M'Baku, Gemini e nas Armadilhas do Diabo. Para que serviam? Sua investigação informara que se destinavam a capturar espíritos – ou invocá-los.

Haveria espíritos ou demônios na escola? Ou algum outro propósito para elas?

Todos esses pensamentos lhe ocuparam a mente até o último sinal tocar e T'Challa se encontrar com os amigos.

– Tenho que contar algo para vocês – T'Challa começou enquanto seguiam para o ponto de ônibus. – É sobre o Marcus.

Sheila e Zeke o olharam curiosos.

– O que ele fez? – Zeke perguntou.

T'Challa hesitou.

– Ele... hum... deixou a casa da família onde nos hospedamos. Disse que não se dava bem com eles e iria ficar com o Gemini Jones e o pai.

– Como é? – Sheila perguntou. – Isso é loucura.

– Eu sei – T'Challa concordou. – De alguma maneira, o Gemini tem influenciado Marcus. Desde que começaram a jogar basquete juntos, ele mudou. Sei que o Gemini está aprontando algo. Sinto isso.

– Talvez seja mesmo um feiticeiro – Zeke comentou.

Houve um momento de silêncio. Sheila estreitou os olhos, pensativa.

T'Challa fez uma pausa. *Seria possível?*

Apesar das várias histórias de fantasmas e narrativas de monstros terríveis em Wakanda, elas não passavam de imaginação, não?

– Sabem o bosque atrás da escola? – Zeke perguntou.

– Sei – Sheila respondeu.

– Bem, todas as quartas eu vejo o Gemini, o Deshawn, o Bíceps e algumas outras pessoas indo para lá.

– Talvez tenham algum tipo de clube secreto que se reúne ali – T'Challa sugeriu.

– Só há uma maneira de descobrirmos – Sheila acrescentou.

Naquela noite, antes de se encontrar com Zeke e Sheila, T'Challa se sentou na cama do quarto. Passou a mão pelos cabelos. Olhou para o relógio.

Preciso contar ao papai a respeito de M'Baku.

Espere, outra voz interna o aconselhou. *Dê um tempo a M'Baku. Ele voltará à razão.*

T'Challa, porém, não tinha certeza disso.

Levantou-se e foi até o cofre. Por algum motivo, queria ver seu traje, talvez como um lembrete de casa. A roupa estava ali, junto com o anel. O jovem abriu o cofre e deslizou o anel no dedo. *Eu não deveria usá-lo*, pensou, recolocando-o na caixa. Então, passou o dedo pelo sedoso traje preto, segurou-o entre as mãos e puxou o mais forte possível. O tecido se esticou, mas não rasgou nem ofereceu qualquer resistência. *Bem*, pensou, *posso pelo menos experimentá-lo*.

T'Challa precisou de apenas um minuto para tirar as roupas da escola e vestir o traje. Uma figura desconhecida o encarou no reflexo do espelho.

T'Challa usava uma roupa preta justa, e sombras se formavam ao longo do traje conforme se movia. Notou uma trama no tecido, como o desenho de uma pequena colmeia. A máscara escondia seus olhos.

O traje do pai contava com botas, mas o de T'Challa não. Embora também não houvesse o colar cerimonial em forma de garra ao redor do pescoço, parecia bastante intimidador. O pai lhe dissera que havia vibranium, material que absorve energia, tão valioso em todo o mundo. T'Challa girou e fez uma pose, com as mãos fechadas. O corpo parecia mais leve, mais ágil. Deu um salto.

Crash!

Levantou do chão.

Havia atingido o teto.

Culpa da energia cinética – absorvida e devolvida.

Esfregou a cabeça e resolveu guardar o traje de novo.

Por enquanto, pensou.

Às sete da noite, saiu escondido da embaixada para se juntar a Zeke e Sheila. O bosque escuro pairava atrás da cerca de metal que contornava o campo de futebol.

– Por que é mesmo que estamos fazendo isso no escuro?

– Porque é uma missão secreta – Zeke respondeu, ajeitando a mochila nas costas. – Não queremos ser vistos.

T'Challa pensou de novo no traje, questionando-se se deveria tê-lo vestido. Mas lembrou a si mesmo que estava apenas entrando no bosque. O pai lhe instruíra a usá-lo somente em emergência. E não se encontrava em uma emergência, apenas em uma situação de curiosidade que levara a melhor sobre ele. Além disso, certamente não poderia usar a roupa na frente de Zeke e Sheila.

Zeke pegou uma lanterna da mochila e a ligou, porém a luz não se acendeu.

– Maravilha! – Sheila disse.

Zeke bateu a lanterna na palma da mão algumas vezes até a luz surgir e se manter firme.

– Tudo bem – disse. – Vamos em frente.

– Tem certeza disso? – T'Challa perguntou ao amigo.

– Posso ser um nerd – Zeke respondeu –, mas ninguém nunca me chamou de covarde.

Sheila sorriu.

– Nem a mim – ela disse, olhando para o bosque.

Zeke deu outro tapinha na lanterna que apagara de novo.

– Você sabe que os celulares também têm lanterna hoje em dia, né? – Sheila comentou. – Os *smartphones*.

– Sou da velha guarda – Zeke respondeu. – Além disso, onde já se viu participar de uma missão secreta no escuro sem uma lanterna?

T'Challa ajustou o casaco ao redor do corpo para ficar mais aquecido enquanto caminhava. Fazia frio, e os dedos dos pés estavam meio entorpecidos nas botas. Zeke iluminava o chão com a lanterna, mas havia luar suficiente para enxergarem o caminho. Embora grilos e pequenas criaturas noturnas se mexessem na vegetação rasteira, isso não incomodava a T'Challa, acostumado à vida selvagem e à floresta, já que crescera num lugar que valorizava a natureza e os seres selvagens do mundo. Lembrou-se das explorações que ele e M'Baku faziam quando pequenos.

Ergueu o olhar para a Lua, obscurecida pelas nuvens que passavam rápido. Talvez, naquele momento, o pai vislumbrasse a mesma Lua, em Wakanda. Essa recordação o lembrou das caminhadas que faziam juntos e de como ele aprendera com o avô, Rei Azzuri, o Sábio. De olhos arregalados, ouvira o pai lhe contar histórias fantásticas do Capitão América e do Sargento Fury e do seu Comando Selvagem. Talvez, T'Challa pensou, pudesse conhecer alguns desses grandes heróis um dia.

Saindo da parte mais densa do bosque, chegaram a uma área aberta onde havia uma casa decrépita bem diante deles. Para T'Challa, a estrutura com venezianas penduradas, restos de uma chaminé desmoronada se afundando no telhado e janelas quebradas parecia prestes a despencar a qualquer segundo.

– Por que alguém construiria uma casa no meio de um bosque? – Sheila perguntou.

– Isso parece mais um chalé de caça ou algo assim – Zeke opinou.

T'Challa olhou ao redor. Galhos escurecidos de árvores e latas queimadas emporcalhavam todo o ambiente.

– Independentemente do motivo – disse baixo –, parece ter sido abandonada há anos.

– Que cortiço – Zeke comentou.

– Vamos – T'Challa disse. – Quero ver o que há dentro.

Zeke e Sheila engoliram em seco ao mesmo tempo.

T'Challa seguiu na frente enquanto passavam pelo espaço em que outrora existira uma porta. Mobília velha, embalagens de *fast-food* e jornais sujavam o chão. T'Challa pensou ter visto um rato escondendo-se no lixo.

Andaram silenciosamente, com Zeke iluminando o chão diante deles. Havia quartos em ambos os lados, alguns com portas, outros sem. Quando passaram por um quarto, Zeke o iluminou, e T'Challa vislumbrou a mobília descartada, diversas caixas com lixo e um punhado de partes de carros espalhadas sobre uma lona no chão.

O jovem de repente parou, erguendo um punho, e Zeke e Sheila permaneceram imóveis atrás dele.

– Ouviram isso? – sussurrou.

– O quê? – Sheila perguntou.

T'Challa olhou da esquerda para a direita.

– Vozes – respondeu, apontando para frente, onde a escuridão parecia sumir apenas um pouco na claridade. – Vamos – disse. – *Em silêncio.*

T'Challa sentiu medo no momento em que recomeçaram a andar. A casa não parecia *certa*. Uma sensação ruim o tomou, como se algo terrível tivesse acontecido ali. Ou, pensou melhor, estivesse prestes a acontecer. Pouco antes de chegarem ao fim do corredor, T'Challa os fez parar.

– *Agora* estou ouvindo vozes – Zeke disse.

– Eu também – Sheila concordou.

T'Challa seguiu o som abafado.

– Neste quarto – sussurrou.

Os três entraram rapidamente no quarto à direita, no qual havia serragem e lascas de madeira no chão. A única janela do cômodo permitia a entrada do luar, que se espalhava pelo ambiente arruinado.

– Desligue a lanterna! – T'Challa disse num grito sussurrado.

Zeke obedeceu.

Escuridão.

T'Challa se ajoelhou e encostou o olho numa das muitas partes rachadas da parede. Zeke e Sheila fizeram o mesmo.

O jovem arquejou.

No cômodo diante ao deles, através de uma ripa quebrada de madeira, diversas figuras pequenas formavam um círculo ao redor do tronco de uma árvore sobre o qual havia velas acesas. Crianças, T'Challa percebeu. Só podiam ser. Todas de olhos vendados. Chamas alaranjadas tremeluziam no escuro.

– Mas o que...? – Zeke começou.

– Shhh! – Sheila sibilou entredentes.

As crianças pareciam ovelhas agrupadas num cercado. Diversos sujeitos vestidos de preto as circundavam. No chão, três Armadilhas do Diabo formavam um triângulo. Uma figura sombria emergiu da parte mais escura.

T'Challa conhecia aquela silhueta, mais alta do que qualquer outra.

Gemini Jones.

O jovem deu uma volta pelo grupo, demonstrando a mesma arrogância que T'Challa já vira. Por fim, parou e inspirou fundo.

– Para fazerem parte da nossa ordem – começou a dizer –, vocês têm que jurar a vida aos Caveiras.

– *Caveiras* – T'Challa sussurrou.

Gemini ergueu o queixo, e um dos outros garotos de preto – Bíceps, na opinião de T'Challa – pegou uma sacola do chão. Levou-a até Gemini, que, depois de puxar o cordão para abri-la, retirou de dentro dela...

... um crânio humano reluzente.

– Que nojo – Zeke sussurrou.

Sheila deu-lhe uma cotovela nas costelas.

Gemini ergueu o crânio com uma mão e se virou num círculo, como se se dirigisse ao mundo inteiro – talvez até ao universo.

– Este é o crânio do meu bisavô, Thaddeus Jones – anunciou –, o primeiro Grande Mago da Antiga Ordem das Caveiras.

T'Challa não conseguia acreditar no que ouvia.

– Ele foi poderoso – Gemini continuou. – Sabia que, para crescer neste mundo, temos que ser temidos. Esse é o verdadeiro poder. – Fez uma pausa. – Agora beijem o crânio e juntem-se à nossa ordem.

T'Challa sentiu o estômago revirar. As crianças vendadas murmuraram e se remexeram.

– Quanto mais esperarem – Gemini os alertou –, menos poder receberão.

Uma a uma, as crianças vendadas foram empurradas adiante, enquanto Gemini abaixava o crânio a ser beijado.

T'Challa engoliu com força.

– Agora vocês devem jurar – Gemini disse. – Ergam a mão esquerda.

Mãos se ergueram no ar.

– Repitam depois de mim – continuou. – Juro minha vida aos Caveiras... nesta vida e na seguinte.

T'Challa estremeceu ao ouvir aquelas palavras em coro.

– Serei fiel a esta jura, ou me tornarei cinzas.

– Uau – Sheila sussurrou, logo atrás de Zeke.

Houve um momento de silêncio depois das últimas palavras.

– E agora – Gemini por fim disse, movendo-se mais uma vez ao redor do grupo –, talvez vocês acreditem que entraram para a nossa ordem. Mas estão errados.

T'Challa observou um dos iniciados se virar para a esquerda, depois para a direita, como se estivesse com medo e quisesse sair correndo. Um dos líderes o segurou pelos braços.

– Vocês não vão a parte alguma – Gemini ordenou. – Ainda precisam jurar sobre o Livro.

O garoto depositou o crânio no tronco da árvore, depois retirou um livro da sacola. T'Challa fechou um dos olhos para focalizar melhor. Gemini segurava um livro com capa gasta.

Abriu-o.

Em seguida, começou a entoar um cântico.

Conforme as palavras deixaram a boca de Gemini, T'Challa sentiu um desconforto. Apesar de ser uma língua desconhecia, ele sentia como se já a tivesse ouvido em algum lugar. Enquanto falava, Gemini parava em frente a cada candidato, que repetia as palavras com as mãos no livro. Caso titubeassem, o jovem os corrigia.

Por fim, aquilo acabou. O luar iluminava o quarto por um buraco no telhado, como se programado para aquele momento.

– E agora – disse Gemini, ao erguer a cabeça para o alto –, levantem-se... levantem-se como membros da Antiga Ordem dos Caveiras!

Deshawn retirou as vendas. Havia diversas meninas entre os recém-iniciados.

– Esses malditos não perdoam ninguém – Sheila ralhou.

T'Challa, no entanto, ficara imóvel.

O último a ter a venda removida revelou um rosto que T'Challa conhecia muito bem.

O de M'Baku.

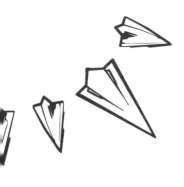

CAPÍTULO 22

Os três amigos realizaram o trajeto para casa silenciosamente, mal conversando. Os pensamentos de T'Challa estavam confusos: crianças vendadas, Gemini e sua caveira, M'Baku...

– Bem – Sheila quebrou o silêncio. – Pelo menos sabemos por que são chamados de Caveiras.

– Por quê? – T'Challa perguntou.

– Porque são um bando de cabeças duras e ocas – a garota respondeu.

– Existe uma sociedade secreta em nossa escola – Zeke comentou atônito. – É como algo saído de um dos meus livros.

– Mas é real – Sheila retrucou.

– Eles tinham uma caveira – Zeke comentou. – Uma caveira humana!

T'Challa não precisava ser lembrado disso.

– Este é o nosso ponto – Zeke disse, quando ele e Sheila se levantaram. – A gente se vê amanhã.

– Tudo bem – T'Challa concordou distraído. – Até amanhã.

– Ei – Zeke o chamou antes de descer. – Você nunca contou onde mora.

T'Challa engoliu em seco.

– Um pouco mais adiante.

Zeke assentiu.

– Bem, se pegar o...

Sheila fechou os olhos e os reabriu lentamente.

– Está preocupado com rotas de ônibus? Depois do que acabamos de ver?

Zeke deu de ombros.

T'Challa sentiu-se contente com a interrupção de Sheila, pois não tinha uma resposta pronta.

O jovem príncipe entrou na embaixada sem ser notado e abriu a porta do quarto. De imediato, tocou na conta de comunicação do bracelete Kimoyo.

– Antiga Ordem das Caveiras – disse.

Uma tela se ergueu ao seu redor. Após um momento, houve o som de um bipe e pequenas linhas surgiram.

Caveiras. Existem boatos de uma sociedade secreta americana, fundada em 1930. Nenhum fato conhecido ao certo. Dizem que foi fundada por Thaddeus Jones (falecido), já descrito como um místico e ocultista afro-americano.

As palavras de Gemini ecoaram na mente de T'Challa.

Este é o crânio do meu bisavô, Thaddeus Jones. O primeiro Grande Mago da Antiga Ordem das Caveiras.

O jovem sabia um pouco sobre sociedades secretas. Havia várias em Wakanda, e elas sempre disputavam poder. O pai as chamava de usurpadoras, pessoas que queriam roubar o trono e vender quantidades imensas de vibranium em troca de recompensa pessoal.

T'Challa despiu o casaco e se sentou numa cadeira. O que M'Baku fazia naquele ritual maluco? O pai dele o ensinara a ser melhor do que aquilo. Simplesmente não entendia.

T'Challa dormiu agitado, acordando diversas vezes durante a noite. Na mente, a imagem de Gemini Jones naquela sala escura, lentamente girando num círculo, a aterradora caveira erguida na direção do luar que entrava pelo telhado.

Este é o crânio do meu bisavô, Thaddeus Jones. O primeiro Grande Mago da Antiga Ordem das Caveiras.

E quanto àquelas palavras? O que significavam? E o livro sobre o qual as crianças juraram?

A certa altura, deve ter adormecido, porque sua próxima recordação fora...

BIP... BIP... BIP...

Esticou o braço por baixo das cobertas e desligou o alarme. Olhou pelo quarto, pensando que talvez visse M'Baku, mas nada mudara. O amigo havia ido embora. E, então, T'Challa se lembrou de tudo de uma só vez...

A Antiga Ordem das Caveiras
Velas sobre um tronco de árvore
Um crânio reluzente
M'Baku

Descartou os pensamentos estranhos e se preparou para a escola.

Sheila o encontrou na hora do almoço, com os olhos arregalados.

— Você não vai acreditar nisso — disse sem ar.

Cinco minutos mais tarde, T'Challa, Sheila e Zeke estavam no refeitório. O barulho e a agitação de sempre irritavam T'Challa.

— O que foi? — perguntou à garota.

Sheila abriu o tablet.

— Lembram-se das palavras de Gemini na noite passada? Aquelas que não entendemos?

— Sim — T'Challa e Zeke responderam em uníssono.

— Eram em núbio antigo — Sheila disse com orgulho.

– Antigo o quê? – Zeke perguntou.

E no mesmo momento T'Challa se lembrou.

– O que foi? – Sheila quis saber.

T'Challa fez uma pausa.

– Algumas das palavras. Elas me pareceram conhecidas. Como se eu as tivesse ouvido lá em casa.

– Talvez seja da mesma família de línguas – Sheila sugeriu. – Núbio antigo é *arcaico*. Um dos idiomas africanos mais antigos, datando do século IV.

T'Challa sentiu uma pontada de inveja. *Ele* deveria ter reconhecido a língua.

– Espere – disse. – Como foi que você...?

Sheila balançou o celular.

– Gravei.

– Jogada primorosa – Zeke elogiou.

– Só tive que transcrever – informou ela. – Vejam. – Virou o tablet para que T'Challa e Zeke vissem a tela. T'Challa pronunciou silenciosamente as palavras.

A escuridão cai,
E Ele despertará.
Jure a Ele,
E recompensado será.

Um gelo percorreu a coluna de T'Challa até chegar à nuca. Ele engoliu em seco.

– O que isso significa?

– É alguma espécie de feitiço – Zeke respondeu, um tremor na voz.

– Feitiço? – Sheila repetiu. – Feitiços não existem. Não estamos na Idade das Trevas.

T'Challa se afastou da tela. Sabia que isso não era verdade. Na África e em Wakanda, ainda se praticava a velha magia, e muitas pessoas caíam vítimas de maldições e de feitiços maldosos. Ou, pelo menos, alegavam isso.

– Quem é "Ele"? – Zeke perguntou. – Jurar para quem?

– *A* quem – Sheila o corrigiu.

– Tanto faz – Zeke retrucou.

A luz do sol que iluminava o refeitório desapareceu, obscurecida por nuvens escuras. Os três alunos mantiveram-se imóveis pelo que pareceram minutos. O barulho ao redor se tornou um zunido constante, capaz de perfurar os tímpanos de T'Challa.

Na infância, o pai lhe contara histórias de monstros, de demônios e de espíritos, mas eram apenas histórias a serem contadas ao redor da fogueira, não? Isso de fato existia no mundo moderno?

A escuridão cai,
E Ele despertará.

O que significava?

T'Challa não tinha resposta, mas a encontraria.

CAPÍTULO 23

O dia escolar terminara, e T'Challa e Zeke encerravam uma partida de xadrez na qual T'Challa não conseguira se concentrar. Apenas moveu as peças sem pensar, algo que Zeke logo percebeu, tirando vantagem da situação.

Ele precisava fazer algo. Não havia como evitar.

Tamborilou os dedos na mesa e deu um suspiro.

– Zeke?

– Oi?

– Você sabe onde Gemini Jones mora?

Zeke inclinou a cabeça.

– Por que quer saber?

– Marcus disse que estava na casa dele. Lembra?

Zeke fez uma pausa antes de falar.

– Deixa eu ver se estou entendendo. Marcus não só se uniu aos Caveiras, mas agora está morando com o líder do grupo? Por que ele...

– Não sei – T'Challa o interrompeu. – Como disse, ele teve problemas com a família que o hospedava. Você sabe disso. Desde que chegamos.

Zeke assentiu lentamente, como se não acreditasse na resposta de T'Challa.

– Olha só – disse, remexendo um peão sobre o tabuleiro sem enfrentar o olhar de T'Challa. – Você nunca contou onde *você* está morando. Perguntei ontem à noite. Onde está hospedado?

T'Challa enrijeceu. O cérebro girava. *Pense.*

– Um dos meus tios tem casa na Avenida Michigan – disparou. *Outra mentira*, pensou, se arrependendo. A facilidade com que enganava as pessoas o atordoava.

– Ah – Zeke disse e, após um minuto de reflexão, continuou. – Espera aí. Outro dia, você disse "a família que *nos* hospedava". A você e Marcus. E então? Você está com um tio ou com uma fam...

– Zeke! – T'Challa exclamou. – Onde Gemini Jones mora?

O garoto se encolheu na cadeira.

T'Challa de imediato se arrependeu pela explosão.

– Desculpe. Só estou preocupado com meu amigo.

Zeke soltou o ar.

– Entendo – disse arrependido, empurrando os óculos para cima. – Eu também estaria se meu amigo saísse por aí beijando o crânio de um homem morto.

T'Challa engoliu em seco.

– Gemini mora junto daquela grande igreja grega na Wentworth com a Rua Vinte e Nove. Não tem como errar. É a casa com uma escultura no jardim da frente. Uma espécie de animal grande.

T'Challa assentiu e fez uma anotação mental.

– Ok. Obrigado. A gente se vê mais tarde, Zeke. E desculpe.

– Tudo bem – Zeke disse.

T'Challa se virou para ir embora.

– Ei, T. – Zeke o chamou.

O jovem se virou.

– Toma cuidado.

T'Challa sorriu.

– Pode deixar – tranquilizou-o. – Sei cuidar de mim.

Zeke assentiu, mas seu meio sorriso pareceu preocupado.

T'Challa caminhava com as mãos nos bolsos, enfrentando o vento que vinha do lago. Não deveria ter perdido a paciência com Zeke. Ele só estava fazendo perguntas, algo que qualquer amigo teria feito. *Devo começar a ser mais cuidadoso. Paciente. Isso é o que o papai diria.* Não se conseguia nada pela raiva. T'Challa prometeu a si mesmo seguir o sábio conselho do pai.

Precisava conversar com M'Baku de novo, fazê-lo voltar ao juízo. Eram amigos desde crianças, e T'Challa não desistiria dele assim facilmente.

Pensou em pegar um ônibus, mas não sabia o horário dele. Passou diante de umas quadras de basquete e de caixas eletrônicos, lojas de bebidas e igrejas. Quando virou na Wentworth, um grupo de rapazes em casacões caminhava lentamente na sua direção. Zeke lhe aconselhara a tomar cuidado, mas T'Challa não sentia medo. Era um príncipe, e certamente saberia cuidar de si mesmo.

A calçada não era larga, e os rapazes não pareciam querer se mexer, então T'Challa virou de lado, mas não antes que um deles esbarrasse em seu ombro.

– Olha onde anda, cara – um deles disse.

T'Challa fez uma pausa, mas não disse nada. O rapaz, pelo menos uns dez centímetros mais alto que ele, se aproximou um pouco.

– Você me deve desculpas – disse. Os outros jovens formaram um círculo ao redor de T'Challa, como se fosse um antílope cercado por leões, algo que ele vira mais de uma vez.

– Você ouviu o cara – outro deles reforçou. – Peça desculpas, filho.

T'Challa olhou da direita para a esquerda, atentando-se aos movimentos deles.

– Não sou seu filho – respondeu. *Sou o filho de T'Chaka*, quis dizer. *O Pantera Negra e Rei de Wakanda.*

O cara inclinou a cabeça.

– O que foi? É surdo? – Então limpou uma sujeira imaginária no ombro. – Você esbarrou em mim. Sujou meu casaco. Peça desculpas.

Alguém segurou o pescoço de T'Challa por trás.

O jovem príncipe enterrou o cotovelo direito no estômago do agressor, girando e atingindo o peito do garoto com a parte mais dura da palma da mão. O rapaz se dobrou ao meio e cambaleou para trás.

Outro avançou.

T'Challa pegou o braço dele e o virou na altura do cotovelo.

Tec.

O garoto restante deu uns saltos nas pontas dos pés e ergueu os dois punhos, mas abaixou-os ao ver o olhar perigoso de T'Challa.

– Tudo certo, irmão – disse, erguendo as mãos em sinal de derrota e recuando lentamente. – Não esquenta.

Em seguida, disparou a correr, deixando os dois amigos no chão, rolando de dor.

T'Challa olhou para os agressores por um momento demorado.

– Sinto muito – disse enfim. – Mas não sou mesmo seu filho. – Balançou a cabeça e se virou, avançando pelo resto da rua rapidamente.

Olhou para trás e viu os dois se levantando do chão. Pareciam discutir entre si, erguendo os braços e gritando. Aprumou os ombros e seguiu em frente, relanceando para trás de vez em quando para ter certeza de que não planejavam novo ataque.

Não queria machucá-los, pensou, com o coração acelerado. *Mas preciso me proteger. É o que papai sempre diz.*

Depois de um ou dois minutos, T'Challa passou por uma igreja imponente com vidros em mosaico e domos em formato de cebolas no topo. Nas filas de residências dos dois lados da rua, uma se destacava em seu próprio terreno. A casa inteira era rodeada por uma cerca alta, exceto pelo portão da frente, afastado da calçada. No jardim da frente, uma escultura de metal parecendo partes enferrujadas de um carro fez T'Challa se lembrar de um grifo, criatura mitológica com corpo de leão e asas de águia.

Garras afiadas metálicas agarravam o bloco de madeira no qual se empoleirava.

Estranho, pensou.

Soltou o fecho do portão e percorreu um caminho pavimentado de pedras, que desembocava numa fila de degraus. Apertou a campainha. Ouviu passos e a porta foi aberta com um rangido. O homem à sua frente era mais alto do que Gemini, mas tão intimidante quanto. Vestia um terno preto, camisa branca com gravata vermelha. Penetrantes olhos escuros o encaravam de um rosto fino cujo nariz proeminente dava para uma barba aparada curta. O sujeito rescendia a cravo, um cheiro que T'Challa reconhecia dos curandeiros wakandanos.

– Veio procurar Marcus – afirmou o homem, com a voz baixa e grave. Aquela não foi uma pergunta.

– Vim – T'Challa confirmou.

O sujeito inspirou fundo e até pareceu ficar mais alto.

– Sou o pai de Gemini, e você é... T. – disse com certa curiosidade, como se T'Challa fosse uma espécie de pássaro ou animal estranho, um espécime para a coleção do homem.

Como ele sabe quem sou?

– Sim – T'Challa respondeu. – Isso mesmo.

Então seguiu o senhor Jones para dentro, observando-o caminhar lentamente até a base da escada.

– Marcus – o sujeito chamou.

T'Challa observou o cômodo ao redor, esforçando-se para não ser óbvio. Parecia ter entrado em um museu, mas um de um lugar que não conhecia. Havia crânios de diversos animais que o jovem não reconhecia, esculturas africanas de madeira e de marfim, algumas com pescoços alongados e feições exageradas. Diversas cubas de barro com flores e pós vermelhos e azuis repousavam em aparadores. O que realmente chamou sua atenção, no entanto, foram as máscaras por toda parte – nas paredes, apoiadas em pedestais e colunas, penduradas no teto por fios metálicos. Todas bem estranhas, com sorrisos afetados e dentes quebrados. Num candelabro havia três velas vermelhas, tremeluzindo uma luz tênue no cômodo. O ambiente exalava cheiro de poeira e de livros velhos. Apesar de nunca ter entrado num lar americano, T'Challa sabia que a maioria provavelmente não se parecia em nada com aquilo.

Passadas pesadas chamaram-lhe a atenção. M'Baku descia saltando pelos degraus. Gemini não o acompanhava. O senhor Jones saiu da frente da escada, e M'Baku parou no último degrau.

– T. – disse. – O que está fazendo aqui?

– Eu queria conversar com você – T'Challa respondeu. – Sobre... um trabalho da escola.

O senhor Jones os observou com curiosidade.

– Venha – M'Baku disse. – Vamos para fora.

T'Challa se virou para abrir a porta – sem olhar para o senhor Jones – e os dois deixaram a casa.

Ambos começaram a andar, mas T'Challa não sabia para onde. Alguns momentos se passaram em silêncio até que ele enfim falou:

– O que está fazendo, M'Baku? Por que se uniu a eles? Aos Caveiras, quero dizer. Eu... eu vi o ritual.

M'Baku parou de repente, virando-se para T'Challa.

– Você o quê?

– Eu vi tudo. As vendas, a caveira, o juramento. Por que fez aquilo?

M'Baku balançou a cabeça.

– Você me *espionou*?

– Eu precisava descobrir o que você estava fazendo – T'Challa confessou. – Saber o motivo de estar agindo tão estranho.

– Deixa eu ver se adivinho – M'Baku o desafiou. – Seus amiguinhos *nerds* acompanharam você, não?

T'Challa engoliu a raiva.

M'Baku olhou para o chão e forçou a mandíbula. T'Challa notou os tênis novos.

– Onde conseguiu os tênis? – perguntou.

M'Baku ergueu o olhar e sorriu, depois equilibrou o peso nos pés.

– Meus tênis novos? Demais, não acha? O pai do Gemini me deu. Disse para considerar um favor.

– E o que ele quer em troca?

– E aí, Marcus!

Os dois se viraram.

Gemini, Bíceps e outros membros dos Caveiras vinham na direção deles. T'Challa reconheceu um rosto novo, uma menina, usando coturnos. Ela prendia os cabelos num rabo de cavalo, e o rosto fino e anguloso lembrava o de uma raposa.

– Estou fora – M'Baku disse, virando-se para se juntar aos amigos.

– Marcus – T'Challa o chamou.

M'Baku, porém, não se virou; apenas seguiu na direção de Gemini com um balanço a cada passo.

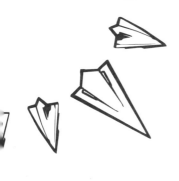

CAPÍTULO 24

– Então, o que aconteceu com o Marcus? – Sheila perguntou na manhã seguinte.

T'Challa fez uma careta.

– Tentei conversar, mas ele não disse muita coisa. Foi embora quando Gemini e os amigos apareceram. Dessa vez, havia também uma garota com coturnos.

As sobrancelhas de Sheila se ergueram.

– Hum. Deve ser a Wilhelmina Cross.

– Quem é ela? – T'Challa perguntou.

– Costumava ser minha amiga até o sétimo ano. Depois, começou a matar aulas e passar o tempo com pessoas que eu não conhecia.

– Parece que já conheço essa história – T'Challa comentou.

Mais tarde naquele mesmo dia, durante a aula de História, os pensamentos de T'Challa vagavam. Ele não conseguia se concentrar. Mal dormira na noite anterior, e, quando por fim adormecera, no sonho caminhava próximo à boca de um vulcão em erupção.

Sempre que se aproximava do precipício, suas pernas tremiam e ele se desequilibrava, como se o buraco tentasse puxá-lo para dentro.

O professor discorria sobre a Batalha de Gettysburg, mas podia muito bem estar dizendo bobagens. Um estalo de estática do sistema de som interno assustou T'Challa.

– Senhor T. Charles, por favor, reporte-se imediatamente à sala da diretoria. Senhor T. Charles, por favor, encaminhe-se à sala da diretoria imediatamente.

O que foi agora?, pensou.

Os colegas de sala olharam para ele com curiosidade contida quando se levantou e seguiu para a porta. T'Challa ouviu os sussurros à medida que avançava.

O que ele fez?

Não sei.

O amigo dele, Marcus, não está na escola.

Deixou a fofoca de lado e seguiu para o escritório da senhora Deacon.

O senhor Walker, assistente da diretora que ele conhecera no primeiro dia, o fez entrar exibindo um meio sorriso forçado.

T'Challa sentou-se com as mãos sobre os joelhos.

A senhora Deacon, atrás da escrivaninha, sorveu um gole de café e bateu a ponta de um lápis numa folha.

– Seu amigo Marcus não tem sido visto na escola nos últimos dias – começou a dizer. – Alguns dos professores me chamaram a atenção quanto a isso. Faz ideia de onde ele esteja?

Não havia motivos para mentir, e T'Challa sentiu-se contente em contar.

– Acho que está ficando com os Jones.

A senhora Deacon inclinou a cabeça.

– O pai de Gemini? Bartholomew Jones?

Bartholomew Jones. T'Challa guardou a informação para mais tarde.

– Sim – confirmou. – Ele me disse apenas isso.

A senhora Deacon olhou pela janela por um instante. T'Challa percebeu que esse era o momento de que precisava. A diretora definitivamente sabia algo sobre Gemini. Precisaria pressioná-la para descobrir mais.

– Isso é estranho? – perguntou. – Quero dizer, sei que ele deveria estar na escola. Mas ficar com Gemini é algo com que devo me preocupar?

Em seguida, recostou-se na cadeira, desejando não ter soado curioso demais. O velho radiador da sala emitiu um barulho e então se aquietou.

A senhora Deacon se moveu à frente e apoiou os cotovelos na mesa de madeira. Parecia debater algo. Era a oportunidade de T'Challa atacar.

– Marcus é meu amigo – disse. – Quero ter certeza de que está bem.

A senhora Deacon sorveu mais um gole de café. Então apoiou a xícara e voltou a olhar pela janela. Em seguida, virou-se para ele com o rosto solene e se levantou de repente.

– Se você se preocupa com seu amigo – disse ela, rumo à porta –, sugiro que faça tudo o que puder para que ele volte ao seu juízo perfeito.

T'Challa ficou pasmo. *Por que ela parece tão séria?*

– Obrigado, senhora Deacon – agradeceu. – Farei o que puder.

A diretora não respondeu, apenas exibiu um fraco sorriso ao deixar T'Challa sair.

Ela definitivamente sabe de algo, T'Challa pensou ao seguir pelo corredor. *Estava escondendo alguma coisa. O que sabe sobre Gemini?*

T'Challa relanceou para o relógio. *Ainda restam quinze minutos da aula de História.*

Abriu a porta em silêncio e viu os alunos encurvados sobre as carteiras, escrevendo fervorosamente. Devia ser uma prova surpresa. Fechou a porta atrás de si e se sentou na carteira. Pela janela, olhou para o céu cinzento e para os esqueletos das árvores desprovidas de folhas.

– Atenção – anunciaram no sistema interno de som. – Atenção. *De novo?*, T'Challa pensou incrédulo. *O que está acontecendo por aqui?*

– Prossigam calmamente até as saídas laterais e dos fundos da escola formando filas. Não usem a saída dianteira. Repito, não usem a saída dianteira.

No mesmo instante, a sala começou a murmurar enquanto o anúncio se repetia. Cadeiras rangeram e vozes tomaram conta do ar. O senhor Sofio, professor de História, se levantou e disse em voz alta:

– Turma, acalme-se. Peguem os pertences rapidamente e me acompanhem. Sem correr, por favor. Em fila única.

T'Challa se juntou aos que saíam da sala, com o senhor Sofio conduzindo-os escada abaixo. *O que pode estar acontecendo?*

O jovem e o restante da sala saíram pela lateral da escola e se agruparam do lado de fora, perto da cerca. Tudo estava silencioso, exceto pelos alunos tagarelando e especulando o que interrompera um dia como outro qualquer. T'Challa ergueu-se na ponta dos pés, olhando para os dois lados.

– T. – uma voz o chamou.

Seguiu a voz até Zeke, parado ao lado de Sheila, um pouco mais distante. Provavelmente se esperava que os alunos permanecessem junto às próprias turmas, mas T'Challa foi andando lentamente até se juntar aos dois.

– O que está acontecendo? – perguntou.

– Não sei – Sheila respondeu.

No entanto, logo tiveram a resposta.

Muito lentamente, cabeças começaram a se virar. Um garoto, cujo nome T'Challa não sabia apontou para a entrada da escola, que, apesar de vários metros distante, T'Challa conseguia enxergar. Um zunido tranquilo, mas quase elétrico, percorreu os alunos agrupados. T'Challa estreitou os olhos. Mesmo de longe, ele conseguia enxergar.

Logo adiante, ao redor das portas duplas e pela grama amarelada que chegava até elas, havia em torno de vinte Armadilhas do Diabo, deitadas à espera, como um estranho mau presságio.

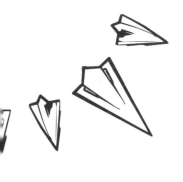

CAPÍTULO 25

– Eles queriam se certificar de que não era algum tipo de explosivo ou algo assim – Sheila disse. – É o que todos dizem.

– Foram os Caveiras – T'Challa sussurrou. – Quem mais poderia ter sido? Quero dizer, nós vimos aquelas coisas na cerimônia, lembram?

Outro instante de silêncio.

– Mas o que elas fazem? – Zeke quis saber. – Para que são usadas?

– Para chamar espíritos – T'Challa respondeu.

– O espírito de quem? – Sheila perguntou.

– Aquelas armadilhas estão ao redor da escola por algum motivo – T'Challa esclareceu. – Quem ou o que quer que estejam tentando invocar provavelmente tem algum tipo de conexão com a escola.

– Bem pensado – Sheila comentou.

– Então – T'Challa disse –, o que é que a escola tem? O que podem querer que esteja conectado à South Side?

O trio permaneceu sentado pensando por um minuto ou dois. Zeke mordeu o lábio. Sheila estreitou o olhar, como se com isso conseguisse uma resposta.

– Um professor? – Zeke sugeriu.

– Um aluno – Sheila contra-argumentou, a expressão se iluminando. – Isso. Talvez seja um aluno. Alguém que tenha estudado aqui há muito tempo.

– Certo – T'Challa concordou. – Alguém que os outros admirassem na época. Um garoto ou garota muito inteligente. Um líder. Gemini é obcecado por respeito e por provar sua importância.

– Podemos olhar nos antigos anuários – Sheila sugeriu.

– Mas de qual ano? – Zeke perguntou. – Poderia ser qualquer um, de qualquer década.

Silêncio de novo.

– Espere um instante – Zeke disse. – Eu posso perguntar à minha avó. Ela estudou na escola há muito tempo, lá pelos anos de 1950. Talvez ela saiba algo.

T'Challa lentamente se virou para Zeke.

– Sua avó estudou aqui?

– Sim – Zeke respondeu.

T'Challa olhou para Zeke, depois para Sheila.

– Diz aí, onde é mesmo que sua avó mora, Zeke?

Sábado amanheceu mais claro e mais quente do que de costume. Ao sentir o sol no rosto, T'Challa, por um instante, teve uma breve lembrança do calor e da luz de Wakanda.

Encontrou a casa da avó de Zeke com facilidade. Localizava-se em Hyde Park, o mesmo bairro em que os três comeram pizza algumas noites atrás. Filas de casas alinhavam-se nas ruas, cada uma separada por um gramado e floreiras nas cercas, mesmo naquela época do ano. T'Challa permaneceu parado na soleira e tocou a campainha.

Zeke atendeu a porta.

– Ei, entra aí, T.

O jovem entrou e olhou ao redor. A casa, acolhedora e convidativa, certamente se diferenciava bem da de Gemini. O lugar todo era iluminado, com uma grande janela panorâmica na frente da sala, proporcionando grande luminosidade externa. Havia retratos nas paredes, e vasos cheios de flores enfeitavam a mesa da sala de jantar. Sheila estava sentada no sofá, mexendo no celular.

– Oi, T. – a garota o cumprimentou, sem desviar o olhar.

– Oi – ele respondeu. – Zeke, onde está sua avó?

Antes de Zeke responder, uma mulher entrou segurando uma bandeja com cookies e outros agrados. Não parecia ter idade suficiente para ser uma avó. Apesar dos cabelos grisalhos presos num coque, o rosto não exibia uma ruga sequer. *Os negros não racham*, ele se lembrou da fala de um dos garotos da escola.

– Então, você deve ser o famoso senhor T. Charles – ela disse, abaixando a bandeja. – É um prazer conhecê-lo. Sou a senhora Dawson.

– É um prazer conhecê-la também – T'Challa cumprimentou-a.

– Ezekiel fala de você o tempo todo. Disse que você é inteligente, e gosto de pessoas inteligentes!

Um sorriso iluminou-lhe o rosto, e T'Challa não teve como não retribuir.

Zeke deu um sorriso tímido, encabulado.

– E então – ela disse ao se sentar numa poltrona com tecido florido. – Ezekiel comentou que estão trabalhando num projeto sobre a escola. Algum tipo de tarefa de História?

– Hum, isso – Sheila respondeu. – O que a senhora se lembra daquela época, senhora Dawson? Da época em que frequentou a Escola de Ensino Fundamental South Side?

A avó de Zeke se recostou na poltrona.

– Bem, naquela época não a chamávamos assim. Era a Academia para Crianças de Cor South Side.

– Uau – Zeke comentou. – Isso é muito ofensivo.

– Bem – a avó de Zeke explicou –, você sabe que as coisas eram diferentes na época. Não se lembra das minhas histórias, meu bem? "De cor" era um dos termos mais brandos pelos quais éramos chamados.

T'Challa escutou pacientemente. Conhecia a história dos negros nos Estados Unidos, embora ainda não conseguisse acreditar em como haviam sido tratados durante a fundação do país. Foi a humanidade em seu pior momento, o pai lhe dissera.

– Bem, de todo modo – continuou a senhora Dawson –, tínhamos os nossos bailes e eventos sociais, como vocês têm hoje. Éramos felizes, mesmo com toda aquela confusão e discórdia ao nosso redor.

Então fechou os olhos por um momento, como se estivesse se lembrando da infância.

– Tudo isso mudou com o incêndio, é claro.

– Incêndio? – T'Challa repetiu, inclinando-se para a frente.

A senhora Dawson meneou a cabeça.

– Essa escola não lhes conta nada a respeito da própria história? Alguém precisa escrever um livro.

T'Challa assentiu. Zeke pegou um cookie e o enfiou na boca.

– Então, o que aconteceu? – Sheila perguntou. – Um incêndio?

A senhora Dawson sorveu um gole de água e colocou o copo na mesa.

– Bem, dizem que começou no porão. Todos saíram vivos, exceto por um garoto, pobre menino. – Balançou a cabeça, desacorçoada.

– Quem? – Zeke perguntou.

– Jamais esquecerei – respondeu a senhora Dawson, sorrindo com tristeza. – Foi o menino mais bonito que já conheci.

Zeke gemeu.

– Bem, meu querido, ele foi. E isso ocorreu antes de eu conhecer o seu avô. Todos o conheciam. Todos o *respeitavam*.

Zeke lançou um olhar para T'Challa. A senhora Dawson inclinou a cabeça.

– O menino tinha um nome curioso, Vincent Dubois. Dizia ser de uma família de negros aristocratas. – Deu uma risada. – Acreditam nisso? Esse menino era demais. Inteligente. Engraçado. Mas algumas meninas diziam que ele era perigoso.

– Perigoso? – Sheila perguntou.

– Bem, nunca tive motivos para acreditar, pois sempre foi gentil comigo. O mais educado de todos. Costumava fazer estranhos truques de mágica.

T'Challa quase parou de respirar.

– Ele costumava assustar as crianças menores dizendo, e sempre me lembro disso: "sou o Príncipe dos Ossos, e não se esqueçam disso!"

A boca de T'Challa secou. Ele lambeu os lábios.

– Príncipe dos Ossos – repetiu. – Sabe o que significa?

A senhora Dawson estreitou o olhar.

– Crianças, o que estão aprontando? Pensei que o trabalho fosse sobre a escola.

Zeke engoliu em seco.

– E é, vovó. Só estamos tentando descobrir como eram as coisas naquela época.

A senhora Dawson olhou para o neto com ceticismo.

– Bem, não mexam em coisas que devem ser deixadas de lado.

A curiosidade de T'Challa aguçou ainda mais. *Por que ela diria isso?*

Sheila revelou sua melhor feição, toda charmosa com olhos reluzentes.

– Não faremos isso, senhora Dawson. Mas… a senhora dizia sobre o Príncipe dos Ossos?

A avó de Zeke meneou a cabeça, como se as perguntas começassem a cansá-la.

– Esta é a última informação que darei. – Tomou mais um gole de água e recolocou o copo na mesa. – Bem, algumas pessoas comentavam que Vincent Dubois tinha uma gangue, sabem. Não como as de hoje, com todas essas brigas e tolices, mas algo semelhante a um clube. Um clube *secreto*, que se autodenominava Caveiras.

A pulsação de T'Challa acelerou.

Sheila derrubou o celular e o apanhou de novo. Zeke permaneceu em silêncio.

A senhora Dawson abaixou a voz, como se estivesse prestes a contar uma história assustadora ao redor de uma fogueira de acampamento.

– Sabem, diziam que Vincent fizera um pacto com o diabo. Por isso era tão belo. Diziam que ele se envolvia com o lado sombrio, coisas com que os tementes a Deus não se envolviam. E é por isso que o fogo o levou.

Um instante de silêncio.

A senhora Dawson se recostou novamente e soprou o ar.

– Nunca encontraram o corpo dele, pobrezinho. Alguns dizem que os ossos queimados estão debaixo daquela bendita escola.

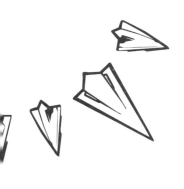

CAPÍTULO 26

O brilho do sol do lado de fora não aliviou em nada os pensamentos sombrios do trio.

– Os Caveiras estão tentando invocar o espírito de Vincent Dubois – T'Challa afirmou.

– É por isso que têm usado as Armadilhas do Diabo – Sheila acrescentou.

– Príncipe dos Ossos – Zeke disse.

As palavras daquela noite ressurgiram para T'Challa, que as repetiu em voz alta:

– Juro minha vida aos Caveiras, nesta vida e na seguinte. Serei fiel a esta jura, ou me tornarei cinzas caso não obedeça.

– Bem, Vincent virou cinzas – Zeke comentou.

– Isso não teve graça – Sheila o repreendeu.

– Pessoal – T'Challa os interrompeu. – Se Gemini e os Caveiras invocarem o espírito de Vincent Dubois, o que farão depois? Quero dizer, qual é o propósito disso?

– Talvez acreditem que, ao trazê-lo de volta ao mundo, terão algum tipo de poder – respondeu Zeke. – É assim que acontece nas histórias.

Sheila assentiu.

– Acho que, para variar, suas histórias podem estar certas, Zeke.

A segunda-feira chegou mais rápido do que T'Challa esperava. Os dias passavam voando, e não se via qualquer sinal de M'Baku na escola.

T'Challa ouviu o relógio tocar. Baixou o olhar para o aparelho no pulso, piscando uma luz vermelha. Seu coração acelerou. *Só pode ser o papai. Quem mais poderia ser?*

Prosseguiu pelo corredor, acelerando o passo. Não queria chamar atenção, mas precisava atender à chamada. Algo poderia ter acontecido... algo de ruim.

Espiou pela porta entreaberta de uma sala. Estava vazia. Entrou apressado e tocou com o indicador na face do relógio. A imagem em 3D do rosto do pai apareceu no ar.

– Pai!

– Filho – o pai retrucou.

O rosto do rei mostrava cansaço, como se não dormisse há tempos.

– Está tudo bem? – T'Challa perguntou.

O Pantera Negra soltou o ar, meio trêmulo.

– Fomos atacados há dois dias. Houve perdas, mas conseguimos conter os invasores. Como eu temia, foi Ulysses Klaw, o homem sobre o qual lhe falei.

A cabeça de T'Challa girava.

– Atacados? Hunter... ele está...?

– Está bem.

T'Challa exalou aliviado. Por mais que Hunter o atormentasse, não queria que o meio-irmão tivesse um triste fim.

O rosto do pai oscilou numa descarga de estática e voltou a ficar claro.

– T'Challa – disse, e havia urgência em sua voz. – Você precisa ficar a salvo. Você e M'Baku devem mais do que nunca permanecer alertas, até que tudo seja resolvido.

O jovem olhou para a porta fechada e de volta para o holograma.

O JOVEM PRÍNCIPE

– Pai – começou a dizer. – M'Baku... ele...

T'Challa fez uma pausa.

Não posso incomodá-lo com meus problemas. Ele está lidando com assuntos muito mais importantes.

– O que foi? – o pai quis saber. – O que tem M'Baku?

– Ele só está fazendo o de sempre – T'Challa respondeu de repente. – Está tudo bem aqui.

A testa do Pantera Negra se crispou ainda mais, e ele lançou um olhar inquisidor ao filho.

– Você é o sensato, T'Challa. Alerte-o quanto ao acontecido. Vocês têm que ficar a salvo, ainda mais agora. Alguém pode querer se aproveitar da confusão que acontece aqui e...

A voz do pai se partiu.

– Pai? – T'Challa o chamou, dando um tapinha na imagem. – Oi?

No entanto, a conexão se encerrara numa descarga de estática.

T'Challa se largou exausto sobre a cama na embaixada. Os pensamentos passaram para o pai. Devia voltar para casa.

O reino precisava dele. *Quando a luta começar, estarei ao lado do nosso pai, e não me escondendo nos Estados Unidos.*

O que poderia fazer?

As palavras do juramento de M'Baku surgiram em sua mente:

A escuridão cai,

E Ele despertará.

Jure a Ele,

E recompensado será.

Jurar a quem?, perguntou-se. *A Vincent Dubois?*

T'Challa se levantou e caminhou até o cofre. Com frequência, o pai lhe dava pequenos e inesperados presentes. Talvez houvesse algo escondido na caixa, uma demonstração de afeto. Naquele momento, mais do que nunca, precisava de algo que o lembrasse de casa.

Ajoelhou-se e virou os números na combinação correta, aquela que escolhera quando chegara com M'Baku. Ouviu com atenção os cliques da combinação e soltou a tranca. Retirou a caixa preta incrustada com pedras preciosas do cofre. Ela se abriu sem qualquer barulho nas dobradiças.

O traje estava por cima, bem dobrado. Pegou-o e sentiu o tecido nas mãos, o suave e resistente material preto. Deixou-o de lado e se virou para a caixa.

Arquejou.

O fundo dela estava vazio.

O coração de T'Challa acelerou.

– Não – sussurrou.

Virou-a de ponta-cabeça e a sacudiu.

O anel havia sumido.

Desaparecido.

Apenas uma pessoa poderia tê-lo levado.

M'Baku.

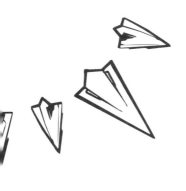

CAPÍTULO 27

T'Challa andava pelo quarto. Não podia contar a Zeke e Sheila que o anel havia sumido. Supostamente ele era um aluno de intercâmbio do Quênia, e não o príncipe de Wakanda.

M'Baku não faria isso, disse a si mesmo. O amigo conhecia o poder e o valor daquele anel de vibranium, a fonte mais valiosa do país deles.

Por que levaria o anel embora?

Só havia uma coisa a fazer. Tinha de voltar à casa de Gemini.

Virou-se para olhar o traje.

Não o use a menos que seja uma emergência.

Bem, pensou, soltando o ar com força, *é uma emergência.*

Em seguida, retirou o traje de Pantera Negra da caixa forrada com veludo.

Sentiu a trama de vibranium sob as pontas dos dedos, tanto macia quanto firme. Quase parecia pulsar. Como se *quisesse* ser usada.

— Este é o traje do Pantera Negra – T'Challa sussurrou. – O traje do meu pai e do pai dele antes disso.

Sentiu o tecido escorregar e se desdobrar ao atingir o chão.

— Devo fazer isso – ele disse. – Não tenho escolha.

Rapidamente trocou de roupa, vestindo o traje.

O coração acelerou no instante em que a pele fez contato com o vibranium, agarrando-se a ele como uma cola invisível, uma ligação com a história de cada Pantera Negra antes dele.

Vestiu as roupas normais por cima do traje e saiu escondido da embaixada, a mochila nas costas.

As luzes, os carros e os pedestres fervilhavam na Avenida Michigan. Havia pessoas em todas as partes, saindo de restaurantes e de lojas. Músicos de rua cantavam, bateristas tocavam, e muitas pessoas que pareciam numa maré de azar lhe pediram dinheiro. T'Challa achou triste uma nação tão rica quanto os Estados Unidos não conseguir cuidar dos menos afortunados.

Parou por um instante para admirar um homem todo pintado de prata parado sobre uma caixa do lado de fora de uma loja de departamentos. O sujeito permanecia imóvel, com uma maleta aberta cheia de moedas e de notas aos pés. Um garotinho tímido, a pedido da mãe, despejou um punhado de moedas na caixa. De pronto, o homem começou a se mover como um robô, fluida, porém mecanicamente. Foi uma das coisas mais estranhas que T'Challa já presenciara.

Seguiu seu caminho, mas, desta vez, preferiu ir de ônibus. Depois de esperar no frio por uns dez minutos, um ônibus municipal branco e azul parou no ponto com um sibilo. O jovem galgou os poucos degraus e encostou o cartão contra o leitor. Uma luz vermelha se acendeu.

– Está vazio – disse o motorista.

T'Challa imprecou. Olhou ao redor, envergonhado, e enfiou as mãos nos bolsos, mas só encontrou fiapos de tecido. As pessoas começavam a encarar. Ouviu alguns grunhidos nos fundos.

– Deixa comigo – uma voz disse.

T'Challa se virou quando um sujeito se levantou e encostou o próprio cartão no leitor.

O coração dele parou.

Era o homem de novo.

O mesmo homem que vira no primeiro dia.

O mesmo homem que ele e M'Baku viram no parque.

– Obrigado, senhor – T'Challa agradeceu, olhando para o sujeito. Não sabia para onde olhar; embora o tapa-olho fosse uma distração, ele não queria ser mal-educado.

– De nada – respondeu o homem, virando-se para sair do ônibus.

T'Challa exalou fundo. *Quem era? Poderia ser algum tipo de agente estrangeiro contrário a Wakanda. Mas, se fosse um inimigo, teria tentado algo, um sequestro ou um assalto. Talvez fosse um amigo do pai. Seria bem a cara dele mandar alguém para me espiar nos Estados Unidos.*

T'Challa se sentou mais adiante no corredor, ao lado de um homem com um punhado de sacolas plásticas junto aos pés e que parecia adormecido, dada a respiração alta e barulhenta. No entanto, ninguém parecia notar ou se importar.

O ônibus parou guinchando e mais passageiros entraram. Na movimentação que se seguiu, de pessoas entrando e outras saindo, T'Challa desceu perto da grande igreja grega, ainda nervoso e agitado.

As luzes brilhantes da Avenida Michigan foram substituídas por outras mais fracas e pelas vitrines pouco iluminadas das lojas. Um absoluto contraste em relação à outra parte da cidade. Não havia elegantes lojas de departamentos nem pessoas saindo de restaurantes, olhando seus celulares e chamando táxis. T'Challa achou estranho uma parte da cidade ser tão vibrante e colorida enquanto outra era completamente diferente. Em Wakanda, todos recebiam o mesmo tratamento e tinham as mesmas oportunidades, independentemente de quem fossem.

Fez uma pausa.

Como podia afirmar isso?

Seu lado privilegiado falava mais alto. Ele conseguia o que queria quando bem queria mas, por certo, era diferente com as outras pessoas. Vira isso em primeira mão.

Meneou a cabeça. M'Baku tinha razão: *você nasceu em berço de ouro.*

Continuou andando, os olhos alertas para qualquer movimento repentino – não queria ser atacado de novo –, e se enfiou num beco, deslizando a mochila do ombro. Depois, tirou as roupas normais e voltou a acomodar a mochila nos ombros.

O que aconteceria se alguém me visse neste traje?

Pelo menos, o Halloween se aproximava. Poderia dizer que se tratava de uma fantasia.

Vestiu a máscara e olhou para cima. Vislumbres do luar surgiam em meio às nuvens que se moviam rápido. Saiu do beco como uma sombra negra. Sentia-se verdadeiramente poderoso naquele traje. O material assemelhava-se a uma segunda pele. Minúsculas luzinhas pareciam irradiar do traje, mas sumiam caso encaradas por tempo demais. *Talvez seja uma característica do vibranium.*

Mesmo na noite escura, avistou a escultura de grifo de longe. A luz dos postes estava apagada, mas T'Challa enxergava nitidamente. *Como? Seria por conta do traje?*

Andou ao redor da casa, toda cercada por uma grade de ferro de pelo menos três metros de altura. Inspirou fundo, agachou-se e, num movimento sem esforço algum... saltou.

Aterrissou com suavidade, sem qualquer som.

Não conseguia acreditar. Jamais conseguiria fazer aquilo sozinho. Definitivamente era o traje; o vibranium lhe permitia executar um movimento como aquele.

Olhou ao redor. Uma luz suave emanava de cada canto do jardim. Imaginou que fosse algum tipo de holofote.

Devo apenas ir até lá e bater à porta?

Não. Se M'Baku foi audacioso a ponto de roubar o anel, ele não o devolveria tão facilmente assim. O estômago de T'Challa se contraiu. Seu melhor amigo, alguém a quem conhecia desde a infância, o traíra. Não conseguia acreditar nisso.

Não havia iluminação no interior da casa. Talvez não houvesse ninguém lá. Deveria ter perguntado mais ao pai sobre o traje do

Pantera Negra. Não conhecia todas as suas funções, e precisava ser invisível.

– Modo furtivo – sussurrou.

T'Challa sentiu o traje assumir um tom mais profundo de preto. Alguns fragmentos de luz moveram-se ao longo do tecido e se apagaram.

– Impressionante – sussurrou.

Avançou ao longo do gramado em silêncio. Ouviu grilos na grama, além do barulho de insetos cricrilando. Tudo parecia aumentado em som, em luminosidade.

Uma janela do porão lhe pareceu promissora. Embora pequena, era suficiente para ele poder passar por ela. T'Challa se ajoelhou.

– Perdoem-me – disse, chutando o vidro para dentro.

Apesar de apertada, passou com facilidade por ela. Fragmentos de vidro estilhaçado rasparam no traje, mas ele não sentiu rasgo ou corte algum. Lembrou-se de uma vez em que pescava com M'Baku e uma truta escorregou de suas mãos.

O porão parecia uma noite sem luar, mas T'Challa via sombras e contornos de uma escada nas proximidades. Olhou para cima. Sentiu a presença de teias de aranha penduradas nas vigas de madeira. Andou em silêncio e subiu um degrau de cada vez, desejando que não rangessem. Teve sorte. Ou seu peso ou o traje camuflado impediu os degraus de emitir quaisquer sons.

Chegou ao alto, inspirou fundo e empurrou a porta.

Encontrava-se no mesmo cômodo de quando fora ver M'Baku. Cheirava a cravo, livros velhos e poeira. A luz sinistra do luar cobria as máscaras nas paredes. Estantes altas perfilavam as paredes. T'Challa quis, mais do que tudo, folhear alguns dos livros, mas não havia tempo. Precisava encontrar o lugar em que M'Baku dormia para vasculhar o quarto.

Outro lance de escadas à direita. T'Challa se moveu com um pouco mais de confiança. Se houvesse alguém em casa, já teria aparecido.

Parou no alto da escada. Havia diversos quartos ao longo do corredor, todos com as portas fechadas. Avançou com cuidado, prendendo a respiração, alerta a quaisquer movimentos repentinos. Um pôster numa porta exibia um grupo de garotos encostados numa cerca de metal com os braços cruzados e sorrisos maliciosos.

– West Side Posse – T'Challa sussurrou, lendo as grandes letras vermelhas. Parecia familiar. *Eles têm hip-hop por lá?*, lembrou-se de Gemini ter perguntado. *West Side Posse? Killa Krew?*

Aquele sem dúvida era o quarto de Gemini.

T'Challa inspirou fundo, ficou tenso e virou a maçaneta.

Vazio.

Por onde andavam Gemini e M'Baku àquela hora da noite? Provavelmente numa das reuniões esquisitas deles, concluiu.

O quarto estava escuro, e T'Challa quase acendeu a luz, mas repensou isso no último segundo. Espreitou o quarto: uma cama, uma cômoda, mais pôsteres nas paredes, com fotos de músicos e astros do esporte, e diversos livros na mesinha de cabeceira. Andou até o lado da cama e os avaliou. Surpreendeu-se ao ver diversas *graphic novels* coloridas, do mesmo tipo que Zeke lia e que Gemini o aporrinhava por ler. Levantou a pilha de livros e os acomodou sobre a cama.

Um olho aberto o encarou.

Um livro, o último da pilha.

O GRIMÓRIO DE VINCENT DUBOIS

Os olhos de T'Challa se arregalaram.

Não acreditava no que via. Uma relíquia do passado bem no quarto de Gemini. A capa devia ter sido marrom em algum momento. As beiradas chamuscadas sugeriam que o objeto havia sido retirado do fogo. Algumas das páginas encontravam-se grudadas, como se água tivesse danificado o livro.

T'Challa virou a capa com cuidado. Apesar da escrita cursiva clara e distinguível, estava queimada e ausente em algumas partes. Letras de forma em maiúsculo dividiam os capítulos:

O HOMEM SEM ROSTO

CORVO DOMINA ESCORPIÃO

O OLHO INVISÍVEL

– Olho – T'Challa sussurrou.

Virou a página. Manchas de bolor verde salpicavam o papel, mas, ainda assim, as letras bem escritas podiam ser lidas:

Essa coisa chamada de Magicka é um demônio temido e rapidamente engana os que se creem poderosos.
Fazer é acreditar, irmão.
Acredite e prosperará.
A sua mente é a porta pela qual toda sabedoria caminha.
Se assim acreditar, assim acreditarão aqueles a quem admira.
Baixe o olhar para a própria mão e deixe as palavras surgirem.
Fixe o olho naquele que espera.

T'Challa olhou para o fim da página.

Carpe Noctem.

– *Carpe noctem* – T'Challa sussurrou, e o latim lhe veio com facilidade: – Aproveite a noite.

Folheou o livro. Símbolos, números e desenhos cobriam todas as páginas. *Eu deveria pegar isto*, pensou. *Para estudá-lo. Não. Assim saberão que estive aqui.*

T'Challa voltou a folhear o livro. Fez uma pausa.

Ali, quase no final, havia outra página também escrita a mão.

O Príncipe dos Ossos era como eu.

Alguém destinado à grandeza.

Partilhamos das mesmas crenças.

Ele conhecia os mistérios mais poderosos,

e eu também conhecerei.

Eu o trarei de volta, e quem nos deterá então?

Somos os Caueiras!

Estávamos certos, T'Challa pensou. *Certos o tempo todo.* Aquela só podia ser a letra do Gemini. Era bem a cara dele acrescentar a própria história ao diário de Vincent, como se a preservasse para o futuro.

T'Challa voltou a se concentrar naquela página. Havia algo mais escrito no fim dela:

Meia-noite,

Sob a lua convexa,

Na umidade de baixo,

Onde os arcos se encontram.

T'Challa inclinou a cabeça. Não conseguia entender.

Abaixou o livro, lembrando-se do motivo de estar ali: *meu anel.*

Deu as costas para a mesinha de cabeceira, pronto para continuar procurando.

Seu coração acelerou.

Barulho de chaves.

No andar de baixo.

Alguém abrira a porta.

CAPÍTULO 28

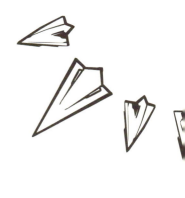

T'Challa se escondeu num armário repleto de tênis, roupas de ginástica, bolas de basquete murchas e abajures quebrados. Ouviu passos no andar de baixo. Alguém tossiu, mas não parecia um garoto, e sim a tosse de um adulto.

Conseguia ouvir a própria respiração no escuro. Ficou de pé, esperando o rangido de alguém subindo os degraus, mas, em vez disso, uma voz passou pelas tábuas do assoalho.

– E quanto às crianças? Fizeram o juramento?

– Sim – um segundo homem respondeu. – Fizeram. Gemini o fez.

T'Challa inspirou fundo. Reconheceria aquele tom em qualquer lugar. Era o pai de Gemini.

– O seu próprio filho? – a voz perguntou, surpresa.

Houve uma pausa, e T'Challa pensou ter ouvido o som de uma rolha espocada e de líquido vertido em um copo.

– Ninguém me negará isso – disse o senhor Jones. – Esperei tempo demais. Eles são sacrificáveis, meros receptáculos da minha obra.

– E o anel?

Uma descarga atravessou T'Challa.

– Ah, sim – respondeu o senhor Jones. – O vibranium deve produzir energia suficiente, mas veremos, não?

Ele está com o meu anel! T'Challa sentia-se furioso, os punhos cerrados. *E sabe a respeito do vibranium.*

A raiva fervilhou nas veias dele. Mais do que qualquer outra coisa, quis correr para baixo e confrontá-los. Mas não podia. Não sabia o que enfrentaria. Teria de esperar.

E foi o que fez.

O tempo pareceu desacelerar na escuridão do armário. T'Challa viu feixes do luar pelo vão de baixo da porta, ouviu o tique-taque do relógio e o latido de um cão da vizinhança. Todos esses sons pareceram se cristalizar em sua mente. Era como se pudesse tocar neles. Senti-los. Lembrou-se de ter lido como os sentidos de uma pessoa cega se acentuavam porque ela precisava se fiar mais neles. Sentia-se assim.

Por fim, como permanecia parado e calado, a respiração entrando e saindo lenta e ritmadamente, ouviu o barulho de chaves através das tábuas do assoalho e depois de passos. Aguçou os ouvidos.

– Venha – disse o senhor Jones. – Está na hora da reunião. O Círculo não pode ser atrasado.

T'Challa pressentiu a presença de alguém se levantando de uma cadeira. Conseguia sentir isso como a braçadeira de um esfigmomanômetro apertando-se ao redor do braço. Seu pai lhe contara que o tecido de vibranium reagia a movimentos, alertando o usuário sobre possíveis ameaças.

Uma porta se abriu, depois se fechou. O som de passos ecoou pelas pedras do caminho que ligava a casa à rua.

T'Challa soltou o ar preso.

O que quer que estivesse acontecendo ali, ele devia ir embora. *Agora.*

CAPÍTULO 29

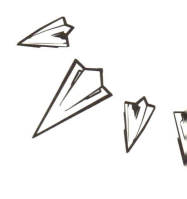

– Você invadiu a casa deles? – Sheila perguntou na manhã seguinte.
Folhas vermelhas e douradas rodopiavam num círculo no campo de futebol. T'Challa mudou de posição no banco duro de madeira das arquibancadas.
– Fui obrigado – justificou-se. – Marcus... tem algo meu.
T'Challa hesitou. *Não posso lhes contar a verdade. Posso?*
Mas precisava lhes contar algo. Com cautela. O senhor Jones estava com o anel, mas não podia revelar muito do que ouvira a Zeke e Sheila.
– Eu queria encontrar alguma pista sobre as Armadilhas do Diabo, mas acabei encontrando outra coisa.
Sheila e Zeke se inclinaram na direção dele.
– Um grimório – T'Challa revelou. – Um antigo diário pertencente a Vincent Dubois. Estava estragado por água e fogo. Havia feitiços nele, e um se chamava o Olho Invisível, mas estava escrito em termos muito antigos, e não consegui entender nada. Era algo a respeito de acreditar no que se está fazendo.
Engoliu.

– Mas o Gemini também escreveu nele. Disse que ele e Vincent eram iguais, ambos destinados à grandiosidade. Disse que traria Vincent de volta e que aprenderia grandes mistérios.

– Estávamos certos – Sheila sussurrou.

Fez-se um momento de silêncio.

– Havia uma frase estranha escrita bem no final – T'Challa prosseguiu –, mas não consegui entender nada. 'Meia-noite, sob a lua convexa, na umidade de baixo, onde os arcos se encontram.'

– O que isso quer dizer? – Zeke perguntou.

– Não sei – T'Challa respondeu.

Sheila formou as palavras silenciosamente, apenas com a boca, pensando.

T'Challa olhou na direção do bosque além do campo de futebol. Nuvens cinzentas rolavam ao longe. *Pode confiar neles*, uma voz em sua cabeça o incitava. *Vocês têm agido juntos. Você já tem muitos segredos.*

– E tem mais – disse.

Sheila ergueu as sobrancelhas. Virou-se para Zeke e depois de novo para T'Challa, que voltou a engolir.

– Ouvi o senhor Jones conversando com outro homem. Disseram algo a respeito de fazerem crianças jurar alguma coisa. Gemini supostamente também fez isso.

– Como o ritual! – Zeke exclamou. – Ele fez aquelas crianças jurarem sobre aquele livro.

– A escuridão cai – Sheila sussurrou, a voz quase trêmula. – E Ele despertará.

– Jure a Ele – T'Challa acrescentou –, e recompensado será. – Fez uma pausa e olhou para os dois. – O senhor Jones está armando algo verdadeiramente maligno. Verdadeiramente letal. O que quer que Gemini e os Caveiras planejem não é nada comparado a isso. Ele disse algo sobre um círculo, e as crianças serem dispensáveis, e afirmou que ninguém lhe negaria nada.

Silêncio novamente, exceto pelo barulho causado pelos corvos nas árvores.

– Isso significa que o senhor Jones vai fazer algo *com eles* – Zeke concluiu.

T'Challa assentiu.

– Você tem razão, Zeke. Precisamos ajudá-los antes que seja tarde demais.

Sheila cruzou os braços.

– Não vou ajudar Gemini Jones. De jeito nenhum.

Zeke permaneceu calado, inseguro quanto ao que dizer, T'Challa pensou.

– Provavelmente temos de ajudá-los – enfim disse. – Mesmo que a gente não queira.

Sheila se manteve inflexível.

– Zeke, você se lembra da vez em que Gemini e os amigos dele fizeram o garoto novo se perder no bosque? E quando tentaram enfiar a sua cabeça no...

– Eu sei, eu sei – Zeke a interrompeu. – Não precisa me lembrar. Decididamente, eles não são legais. Mas quem é que sabe o que o senhor Jones está maquinando? Pode ser algo sério. E, se algo ruim *de verdade* acontecer, como é que a gente vai viver com isso na consciência?

– Temos que pelo menos conversar com o Gemini – T'Challa sugeriu.

Sheila fechou a cara.

– Quando? – Zeke perguntou. – E como?

T'Challa pensou por um instante. Mordeu o lábio.

– Não sei – reconheceu por fim. – Mas o que quer que façamos, tem que ser rápido. O senhor Jones pode agir a qualquer instante.

Uma sombra atravessou as feições de Sheila.

– O que foi? – T'Challa perguntou. – O que aconteceu?

– Convexa – Sheila disse, como se estivesse em transe. – Eu me lembro agora. É quando a lua está quase cheia, mas não lança muita luz ainda.

– E quando vai ser isso? – Zeke perguntou.

Sheila engoliu em seco.

– Daqui a dois dias.

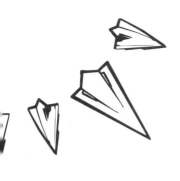

CAPÍTULO 30

Embora soubesse o que precisava fazer, T'Challa não ansiava nada por isso.

— Lá vamos nós — disse, andando na direção da mesa de Gemini. — Deixem que eu falo.

Sheila e Zeke se entreolharam com ceticismo.

— Sim, senhor — a garota concordou.

T'Challa se surpreendeu ao ver os Caveiras no refeitório. Parecia terem um planejamento próprio no que se referia à frequência escolar. M'Baku estava lá, com a turma de sempre, mas, desta vez, Wilhelmina Cross sentava-se com eles.

— Vejam só quem apareceu aqui — ela disse quando T'Challa se aproximou da mesa. — E trouxe os nerds junto.

Os Caveiras ergueram o olhar e avaliaram T'Challa e os amigos. Zeke e Sheila permaneceram calados, mas ambos tinham o rosto fechado.

— Ouvi falar de você — Wilhelmina comentou. — Marcus disse que nos espionou. No bosque.

A noite do ritual passou pela mente de T'Challa.

– Melhor tomar cuidado – Wilhelmina disse com escárnio. – Nunca se sabe o que pode acabar vendo.

– Talvez um fantasma – Deshawn sugeriu.

– *Bu!* – Bíceps gracejou.

Todos os Caveiras riram, menos Gemini, que ficou batendo os nós dos dedos no tampo da mesa.

T'Challa olhou para M'Baku. *Ele roubou meu anel. Não consigo acreditar nisso. Meu melhor amigo.*

– Preciso contar algo a vocês – T'Challa disse rapidamente.

Todos os olhos da mesa se voltaram para ele.

– E o que é? – Gemini perguntou por fim. – Sente muito por enfiar o nariz nos assuntos de outras pessoas?

– Sei o que fiz – T'Challa disse. – Espiei... e sinto muito por isso.

– Sentir muito não adianta nada – Gemini retrucou.

– Você tem que me ouvir – T'Challa insistiu. – Algo de ruim vai acontecer. E logo. Vocês devem tomar cuidado. Acho que seu pai está planejando alguma coisa.

Gemini saltou da cadeira.

– *Como é?* O que você disse, África? O que sabe sobre meu pai?

T'Challa recuou um passo.

– Eu só sei. Quando fui procurar... o Marcus outro dia, tive um pressentimento. Vocês precisam tomar cuidado. Algo de ruim está para acontecer.

– Isso mesmo – zombou Wilhelmina. – Algo de muito ruim *vai* acontecer se você não cair fora daqui.

Houve uma risada nervosa da parte de Deshawn e de Bíceps. M'Baku não revelava qualquer emoção. T'Challa não sabia se por culpa ou medo.

Gemini parou a poucos centímetros do rosto de T'Challa.

– Sabe de uma coisa, T. Charles? Estou cansado das suas asneiras.

E deu um soco.

T'Challa se abaixou e recuou. Então empurrou o peito de Gemini com força, com as duas mãos.

O garoto caiu sobre a mesa, mandando bandejas e copos pelos ares.

Cabeças começaram a se virar. Um coro de *Briga! Briga! Briga!* percorreu o refeitório quando uma centena de alunos ou mais se aproximou da confusão. Celulares saíram dos bolsos.

– Parem! – Zeke e Sheila gritaram ao mesmo tempo.

Gemini se ergueu da mesa e atacou T'Challa de novo. No entanto, ele não era páreo para o príncipe. Não tinha nem graciosidade nem habilidade, apenas força bruta.

T'Challa deu um passo para o lado quando Gemini tentou chutar com a perna direita, mas, em vez disso, escorregou numa poça de leite e acabou desmoronando. Alguns poucos estudantes começaram a rir.

Gemini se levantou e atacou novamente. T'Challa deu outro passo para o lado, mas tropeçou. Wilhelmina Cross sorriu e recuou as pernas para baixo da mesa.

Gemini usou esse momento de distração de T'Challa para atacar. Caiu por cima dele, prendendo o príncipe no chão; socou-lhe o nariz e T'Challa ficou atordoado. Parecia que mil agulhas o perfuravam.

T'Challa teve um vislumbre de M'Baku no meio da multidão, com o rosto pétreo. Pensou em pedir ajuda, mas o amigo estava verdadeiramente perdido para ele.

Então se empurrou pelos cotovelos com todas as forças e tirou Gemini de cima do seu corpo.

Piiiiii!

A multidão se afastou quando o senhor Blevins abriu caminho em meio aos alunos, o apito pendurado na boca.

– Afastem-se – gritou. – *Piiiii!* Afastem-se *agora!*

Gemini levantou-se.

– Mantenha o nome do meu pai longe da sua boca! – exclamou.

T'Challa também se levantou. A parte de trás das calças estava molhada por terem rolado sobre o leite derramado. Todos o encaravam.

– Muito bem – disse o senhor Blevins. – Todos calmos agora.
– Virou-se para T'Challa e Gemini. Uma veia latejava na testa. –
Nem quero saber do que se trata, portanto poupem-me de desculpas
esfarrapadas. Se isso acontecer de novo, os dois vão dar vinte voltas
correndo ao redor da escola. Entenderam?

T'Challa assentiu.

– Entendido – Gemini disse, respirando com força.

– Caiam fora – ordenou o senhor Blevins. – Os dois cabeças
de bagre.

T'Challa se virou para sair, mas não antes de M'Baku lhe lançar
um olhar.

O príncipe não viu nada no olhar do outro, apenas algo inani-
mado, como se usasse uma máscara e o verdadeiro M'Baku não
estivesse ali.

Poderia ser isso?, T'Challa se perguntou novamente. *Será que
Gemini está por trás disso? Ele o enfeitiçou?*

– Está bem, T'Challa?

O jovem se sobressaltou. Olhou para Zeke.

– Do que me chamou?

Zeke inclinou a cabeça, curioso. A testa de Sheila estava enrugada.

– Eu o chamei de T. – Zeke respondeu lentamente. – O que
achou que eu tivesse dito?

T'Challa estreitou o olhar, ainda resfolegante pelo esforço de
antes. Poderia jurar que Zeke usara seu verdadeiro nome. *Será que,
de algum modo, eles sabem?*

Estava cansado. Era isso. Precisava descansar.

– Nada – respondeu. – Acho que estou ouvindo coisas.

Zeke se virou e lançou um olhar questionador para Sheila.

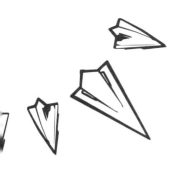

CAPÍTULO 31

T'Challa se levantou para atender à porta, o nariz latejando.

Clarence, o recepcionista, pendeu a cabeça para o lado e se inclinou para dentro do quarto.

– Ai – comentou. – Aposto que está doendo.

– Vou ficar bem – T'Challa tranquilizou-o.

Clarence entregou o saco de gelo que T'Challa pedira, e o jovem o pressionou contra o nariz. O recepcionista entrou até a metade do quarto e olhou ao redor.

– O que aconteceu com seu amigo? – perguntou. – Os chefões aqui da embaixada não nos contaram seus nomes, mas disseram que são hóspedes bem importantes.

T'Challa hesitou. *Ele está em busca de informações ou é apenas enxerido?*

Clarence prosseguiu:

– É que faz um tempo que não vejo vocês juntos e fiquei pensando o que poderia ter acontecido.

T'Challa se largou numa poltrona.

– Ele está resolvendo uns assuntos.

– Ah – disse o homem. – Posso ajudar em algo?

– Acho que não – T'Challa respondeu.

– Avise se isso mudar – Clarence se ofereceu.

– Pode deixar – disse o jovem.

O recepcionista olhou de novo ao redor.

– Bem – disse, ajeitando o paletó do uniforme –, é melhor eu voltar para a recepção.

– Obrigado pelo gelo – T'Challa agradeceu.

– Sem problemas – Clarence respondeu. – E, a propósito, conheço uma boa academia, caso queira aprender um pouco de boxe.

T'Challa fez uma careta quando Clarence deixou o quarto.

Recostou a cabeça e fechou os olhos. O nariz ainda doía, e o gelo só tornou a dor gelada. Gemini era um tolo teimoso.

Tentara alertá-lo, mas ele não lhe dera ouvidos.

E quanto às crianças? Elas fizeram o juramento?

Meia-noite, sob a lua convexa, na umidade de baixo, onde os arcos se encontram.

O vibranium deve produzir energia suficiente, mas veremos, não?

O que Bartholomew Jones queria com o vibranium?

T'Challa abriu os olhos. Estava exausto, e sentia isso em cada músculo. Soltou o ar lentamente. Precisava descansar, só por um minuto, e então tentaria desvendar as pistas misteriosas do senhor Jones de novo.

Triiiimmmmm!

T'Challa deu um salto.

Respirou fundo. Nunca ouvira aquele telefone tocar. *Pode ser o papai, mas ele não usaria uma linha convencional. Pensando bem, poderia ser aquele desconhecido do ônibus. Talvez eu tenha sido seguido de novo!*

Outro toque interrompeu os pensamentos de T'Challa, acelerando-lhe o coração. Pegou o telefone.

– Alô?

– Olá, Clarence de novo, da recepção. Lamento perturbá-lo. Parece que você tem… visita? – Houve uma pausa e vozes abafadas. – Zeke e… Sheila? Estão procurando T. Charles.

T'Challa afastou o telefone e o apoiou contra o peito. *Como?*, perguntou-se. Como era possível? Levou o telefone ao ouvido.

– Não há ninguém na embaixada com esse nome – Clarence prosseguiu –, mas, pela descrição, essa pessoa parece você.

Milhares de agulhadas surgiram no pescoço de T'Challa.

– *Alô?* – ouviu uma voz fraca pelo telefone.

T'Challa silenciosamente contou até cinco. Levou de novo o aparelho até o ouvido.

– Deixe-os subir – disse.

Um minuto mais tarde, Zeke e Sheila estavam no quarto de T'Challa.

– Como me encontraram? – perguntou.

– Esta é uma embaixada – Zeke disse, observando o quarto. – Por que ficaria hospedado numa embaixada?

– Bem – Sheila observou –, ele é da África. – Lançou um olhar para T'Challa. – Pelo menos foi o que disse.

– Gente – T'Challa disse e engoliu audivelmente. As palmas suavam. – Como. Me. Encontraram?

Sheila e Zeke se entreolharam.

– Nós seguimos você – o garoto respondeu. – Eu sabia que algo estranho estava acontecendo. Não descobri antes porque, da primeira vez que te vi, você tinha pegado o 134 no lugar do 76 que descia a Avenida Michigan.

Que tal isso para tentar ser furtivo?, T'Challa repreendeu-se.

– Além disso – complementou Sheila –, Zeke e eu pegamos o ônibus atrás do seu na saída da escola. Nós te seguimos até aqui.

– *E* – Zeke prosseguiu – contei as vezes que se esquivou da pergunta sobre onde mora. Você disse que tinha um tio na Avenida Michigan. Então por que o Marcus não ficou com *vocês?* Por que ficaria hospedado com uma família num programa de intercâmbio? E aquele seu relógio...

– Chega – T'Challa disse, cansado. Sentou-se na cama e apoiou a cabeça nas mãos. – *Chega.*

Sabia que esse momento chegaria. Só não esperava que fosse ali.

– Chega de mentiras – sussurrou alto.

Zeke relanceou para Sheila.

T'Challa levantou a cabeça e olhou para os dois. Ambos já haviam demonstrado serem seus amigos. *Posso confiar neles. Tenho que confiar.*

Levantou-se da cama. Não conseguia acreditar no que iria fazer. Mas faria. Precisava tomar as próprias decisões.

– Não vão acreditar no que lhes mostrarei – disse.

– Tenta – Zeke rebateu.

– Lá vai – T'Challa disse.

Foi até o cofre, ajoelhou-se diante dele e compôs a combinação: 2, 1, 19, 20 – BAST – o nome da Deusa Pantera e da sua gata em casa. Não era de admirar que M'Baku a tivesse adivinhado. O amigo sabia o quanto ele gostava da gata. *Como fui* tão descuidado?

– O que tem aí? – Sheila perguntou, a voz trêmula. – Por favor, não me diga que é uma arma.

– Claro que não é uma arma – Zeke rebateu. Em seguida: – É uma arma?

– Não – T'Challa respondeu e se levantou. – É isto.

Virou-se de frente. A máscara lhe cobria os olhos.

– Você é um gatuno? – Zeke caçoou.

– Não – respondeu. – Sou o filho do Pantera Negra. Meu nome é T'Challa.

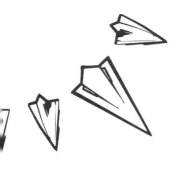

CAPÍTULO 32

– Não acredito – Zeke disse, andando de um lado a outro no pequeno quarto da embaixada. – *Caramba*, não acredito!

– Eu sabia que havia algo de diferente em você – Sheila acrescentou, balançando a cabeça. – Eu simplesmente sabia.

Zeke parou e ficou de frente para ela.

– Então por que nunca disse nada?

– Não estou dizendo que eu sabia quem ele era, só que era diferente.

– Quem mais sabe? – Zeke perguntou, virando-se para T'Challa.

– Só vocês dois. E M'Baku, claro.

– Então esse é o nome dele – Sheila sussurrou.

– Vocês são de… Wakanda – Zeke disse, ainda admirado. – É real. Não acredito que estou conversando com o Pantera Negra.

– Não sou o Pantera Negra *ainda* – T'Challa o corrigiu. – Meu pai é. E muita coisa tem que acontecer até esse dia chegar.

Papai.

T'Challa descumprira a ordem de permanecer escondido. O reino encontrava-se sob ataque e ali estava ele, longe de casa, revelando sua identidade.

– Espere um pouco – Zeke disse. – Você é um príncipe. Um príncipe! Devemos nos ajoelhar ou algo assim? Beijar seu anel ou alguma coisa do tipo?

Sheila gargalhou.

– Rá... Nem pensar.

– Não acho que seja necessário – T'Challa o assegurou. – Mas vocês devem manter isso em segredo. Se meu pai descobrir que me revelei, bem, nem quero pensar no que acontecerá.

Zeke encarou T'Challa.

– O que foi? – T'Challa perguntou. – O que foi agora?

– Você tem um traje, certo? Como um verdadeiro super-herói?

Sheila levantou as sobrancelhas.

– Vamos lá, mostre para nós.

T'Challa suspirou. *Não preciso esconder nada agora.* Retornou ao cofre e tirou o traje da caixa. Entregou-o para Zeke, que o segurou com cuidado, como T'Challa fizera quando o pai o entregara a ele. Sentiu outra estocada de culpa, uma descarga no estômago.

Os olhos de Zeke quase saltaram da cabeça quando sentiu o tecido.

– Isso é tecnologia wakandana – disse, parecendo hipnotizado. – Como a do seu relógio, certo?

– Isso mesmo – T'Challa respondeu com culpa.

– Que relógio? – Sheila perguntou.

T'Challa fez uma careta. Sabia que sua pequena demonstração do relógio voltaria para atormentá-lo. Mas isso já não importava. Eles já conheciam todo o resto.

Mostrou o braço. Zeke e Sheila se curvaram sobre ele.

– O que ele faz? – Sheila perguntou.

T'Challa bateu no mostrador.

– Muitas coisas.

Uma luz vermelha pulsante começou a brilhar dentro da superfície preta e opaca. Depois de um momento, minúsculas partículas, como poeira estelar capturada em um raio de sol, se ergueram do pulso de T'Challa, assumindo uma forma tridimensional. Era um cubo, que subiu no ar e girou num canto. Zeke e Sheila o observaram de bocas abertas.

Pelo menos não preciso mais mentir, T'Challa pensou, a culpa salpicada por alívio.

– Pessoal – disse, passando a mão pela projeção, que desapareceu. Os olhos de Zeke e de Sheila mostravam-se ainda mais arregalados. – Agora que estamos aqui, temos que descobrir o que fazer.

– Certo – Sheila concordou.

– Sabemos que o senhor Jones está planejando algo – T'Challa disse –, mas o quê?

– Meia-noite – Zeke recitou –, sob a lua convexa, na umidade de baixo, onde os arcos se encontram.

T'Challa tocou em uma das contas Kimoyo. Uma tela do tamanho de um tablet surgiu no ar. O jovem passou a palma diante dela e a viu flutuando até a parede acima da TV. Em seguida se expandiu.

– Mas que...? – Zeke estava admirado.

– E eu que pensei que o relógio fosse maneiro – Sheila sussurrou.

– Isto é um bracelete Kimoyo – T'Challa explicou, erguendo o braço. Sentia-se bem se vangloriando um pouco. Só um pouco. – É diferente do relógio, e mais do que apenas um acessório.

– Pensei que fosse apenas um símbolo de moda – Sheila confessou.

– Todo wakandano tem um – T'Challa esclareceu. – São usados para tudo. – Sorriu. – Como buscas refinadas.

Andou até a projeção e tocou na tela.

– Qual é a sua busca? – uma agradável voz feminina perguntou.

– Bartholomew Jones – informou ele. – Todos os dados.

Em vez de uma tela exibindo os resultados da busca, um círculo preto apareceu na tela. A parte inferior do círculo começou a brilhar em vermelho.

– O que isso está fazendo? – Sheila perguntou, inclinando-se na direção da tela.

– Está procurando em todos os servidores mundiais o que estiver relacionado a Bartholomew Jones – T'Challa respondeu.

– Isso não é o Google – Sheila comentou.

– Bem longe disso – T'Challa disse.

A voz automatizada falou novamente:

– Resultado: Bartholomew Jones. Nascido em 1975, em Chicago. Colecionador de antiguidades e ex-estudante de religiões antigas. Visitante frequente do continente e detentor de diversos passaportes de países africanos.

– Então ele esteve na África – T'Challa comentou. – Interessante.

– Mas o que fez lá? – Zeke perguntou.

– Ainda não sei – T'Challa respondeu.

– Aquele idioma que traduzi era núbio antigo – Sheila disse. – Que tal perguntar onde é falado?

T'Challa não respondeu, mas assentiu para Sheila.

– Nova busca – disse, agora andando pelo quarto. – Idiomas. Núbio antigo. Lugares em que é falado.

O círculo voltou a ficar preto com uma luz vermelha pulsante. Zeke empurrou os óculos para cima, sem despregar os olhos da maravilha tecnológica diante de si.

– Núbio antigo. Arcaico, língua morta. Nenhum falante nativo conhecido no mundo.

– Hum – Sheila resmungou. Tamborilou os dedos no joelho. – Você disse que algumas das palavras em núbio lhe pareciam conhecidas, lembra? Devem ter raízes que chegaram até outras línguas africanas.

T'Challa continuou assentindo, como se ouvisse e pensasse ao mesmo tempo.

– Nova busca – anunciou. – Bartholomew Jones... Vibranium. – Virou-se para olhar Zeke e Sheila. – Busca apenas nos servidores wakandanos.

A boca de Zeke formou um "O" ante a menção do país nativo de T'Challa.

– *Qualquer um* pode procurar dados de Wakanda? – perguntou.

– Isso seria bem difícil – T'Challa respondeu. – Essa tecnologia foi inventada lá e responde apenas à biometria. Por isso toquei na tela antes de iniciar a busca.

– Ah, tá bom – Zeke disse.

Todos esperaram enquanto a tela buscava os resultados. T'Challa sentia-se tenso.

A tela exibiu uma imagem da bandeira de Wakanda com o seguinte carimbo:

CONFIDENCIAL. CÓDIGO DE ACESSO NECESSÁRIO.

Houve um instante de silêncio.

– Confidencial – T'Challa murmurou, e encarou Zeke e Sheila. – O que o pai de Gemini tem a ver com Wakanda?

CAPÍTULO 33

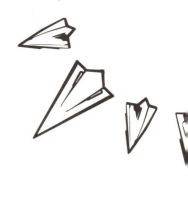

Sheila se levantou.

— Existe alguma maneira de invadir esse arquivo? Sei lá, com uma senha secreta ou algo do tipo?

T'Challa fez uma careta. *Isso é a segurança nacional de Wakanda. Não posso apenas invadi-la.*

Ou posso?

Aquilo era importante. Poderia contar ao pai, contar o que de fato acontecia, mas...

O rei de Wakanda já tinha preocupações demais no momento.

Devo cuidar disso sozinho. Não posso ir atrás do meu pai toda vez que enfrentar um problema. Um dia terei que liderar.

— Não tenho certeza — respondeu por fim.

Os olhos de Zeke, permanentemente arregalados, direcionaram-se para Sheila e depois para T'Challa, como se o garoto tivesse acabado de perceber algo.

— Isto é, tipo assim, uma missão secreta. Estou numa embaixada, considerando a possibilidade de invadir um arquivo ultrassecreto com o Pantera Negra. É igualzinho às minhas *graphic novels*.

Sheila sorriu e balançou a cabeça.

– Zeke – T'Challa disse cansado. – Eu não sou o Pantera Negra, lembra? Esse é meu pai, o rei de Wakanda.

– Ainda assim – Zeke retrucou. – Um dia você *será* o Pantera Negra.

Mais uma vez, T'Challa percebeu que estava prestes a fazer algo que poderia um dia colocar em risco a sua pretensão ao trono. Sentou-se na beirada da cama.

No fim, não importava. Já se comprometera demais com essa história. Engoliu com força.

– Há algum lugar em que vocês precisem estar pelas próximas horas?

– Não – Zeke e Sheila responderam ao mesmo tempo.

– Bom – T'Challa disse. – Acho que esta noite será bem longa. – Pegou o telefone para pedir serviço de quarto. – Quem gosta de pizza?

Nas horas seguintes, em meio a caixas de pizza, latas de refrigerante e barras de chocolate, o trio ficou trocando ideias sobre como invadir o sistema.

– Senhas? – Sheila arriscou.

– Não – T'Challa negou. – Seria simples demais. Todos os arquivos contam com chaves encriptadas. Não há como descobri-las.

– Bem, já tentou um ataque de força bruta?

T'Challa engoliu.

– Um o quê?

– É um modo de usar outro computador para conseguir arquivos encriptados. Existe um aplicativo para isso.

– Nunca soube que você conhecia tanto dessas coisas de computador – Zeke comentou.

– Isso porque você está sempre com a cabeça enterrada num livro – Sheila respondeu. – Não que seja algo ruim – acrescentou com um meio sorriso. Em seguida, pegou o tablet e digitou rápido alguns números e letras na barra de busca. – Consegui.

– Conseguiu o quê? – T'Challa perguntou.

– O programa que me ajudará a desencriptar o arquivo.

T'Challa sorriu.

– Bem, vá em frente – disse.

Sheila digitou e murmurou para si mesma, tomou longos goles de refrigerante e balançou a cabeça para a frente e para trás diversas vezes enquanto trabalhava. De vez em quando, abaixava o tablet e rabiscava algo num pedaço de papel.

Os pensamentos de T'Challa vagaram. Não só revelara sua verdadeira identidade, como também se envolvera no que poderia ser considerado traição. *Traição*. Inspirou fundo.

Sheila seguiu em frente, trabalhando, enquanto Zeke bombardeava T'Challa com perguntas:

– De onde vem o vibranium? Exatamente onde na África fica Wakanda? Você consegue voar?

T'Challa respondia com cautela. Não desejava revelar mais do que estritamente precisava, mas Sheila, sem saber, veio em seu resgate antes que tivesse chance de falar demais.

– Consegui – disse a garota.

T'Challa se levantou.

– Traga a página de busca de novo – ela pediu.

O jovem tocou na conta Kimoyo e a tela apareceu. O arquivo confidencial pairava no ar, caçoando dos três, ele pensou.

– Muito bem – Sheila disse –, digite esta sequência numérica na barra de busca.

T'Challa digitou uma sequência aleatória de zeros e de uns pelo que pareceu durar alguns minutos.

– Tem certeza de que está certo? – perguntou durante uma pausa, enquanto Sheila esticava a mão para pegar água.

– Espero que sim – respondeu ela. – É um código binário, que supostamente deveria destravar a sequência.

T'Challa digitou mais alguns zeros e uns. Zeke mordia as unhas e observava.

– Última sequência – Sheila disse. – Zero, um, um, zero, um.

T'Challa parou de digitar.

Todos inspiraram fundo.

– Enter – Sheila pediu.

O dedo de T'Challa pairou acima da tela. O coração acelerou.

– Lá vamos nós – ele disse.

Pressionou o ENTER.

Por um momento, nada aconteceu. Todos esperaram, a respiração em suspenso.

Mas, em seguida...

A bandeira de Wakanda sumiu, substituída pela foto de um homem e um montão de textos.

T'Challa conhecia aquele rosto.

Era Bartholomew Jones.

– Isso! – Zeke gritou.

Sheila expirou o ar longa e merecidamente.

T'Challa olhou com mais atenção para a tela. Debaixo da foto de Bartholomew Jones havia um relatório das atividades dele:

Bartholomew Jones
Nascimento: 10 de março de 1975
Nacionalidade: americana
Primeira visita a Wakanda: 2000
Motivo da visita: investigação científica sobre vibranium

T'Challa fez uma pausa.

– Então ele foi atrás de vibranium.

Continuou a ler:

Compactuou com a tribo de marginais wakandana chamada Círculo dos Nove.

– Círculo dos Nove? – T'Challa repetiu em voz alta.

– O que é isso? – Zeke perguntou.

– Quem são eles? – Sheila acrescentou.

T'Challa se concentrou na tela diante de si.

Círculo dos Nove: grupo wakandano de marginais místicos e cientistas. Alguns conhecidos como antigos funcionários do PHOTON. Queriam vibranium para pesquisas a respeito de portais dimensionais, mas o pedido foi negado.

– Meu Deus – Sheila disse.

– Portais? – Zeke questionou.

– O que é PHOTON? – T'Challa perguntou.

– É um centro de pesquisa na Europa – Sheila respondeu. – Inventaram algo chamado de Acelerador de Massa Photon.

T'Challa e Zeke a fitaram como quem não entende nada.

– O que isso faz? – T'Challa quis saber.

– Ajuda a fazer experimentos na busca de algo que chamam de Partícula de Deus, tentando descobrir como ocorreu o início do Universo.

– Isso parece bem maneiro – Zeke comentou.

– Bem – Sheila prosseguiu –, alguns dizem que estão mexendo no que não deveriam, tentando partir átomos e coisas assim. Dizem que isso poderia ocasionar outro Big Bang.

– Pessoal – T'Challa disse, dando as costas para a tela –, lembram quando disse que o senhor Jones mencionou um círculo? Só pode ter sido isso. O Círculo dos Nove. Eles queriam vibranium.

O meu anel. Não contei a eles.

– E tem mais – disse.

As sobrancelhas de Zeke se ergueram.

– Naquela noite em que invadi a casa do Gemini, eu estava procurando algo.

– Você procurava o Marcus – Sheila disse. – Quero dizer, o M'Baku. Disse que ele estava com uma coisa sua.

– Isso. Isso mesmo. Mas tem mais. Acho que ele roubou um anel meu. Um anel de vibranium, e agora o senhor Jones está com ele. Eu o ouvi quando me escondi no armário. Ele disse "o vibranium deve produzir energia suficiente, mas veremos, não?"

– Você tem um anel de vibranium? – Zeke perguntou.

– Sim – T'Challa respondeu. – Meu pai me deu. Nas mãos erradas, aquele vibranium pode ser perigoso.

O silêncio pesou no quarto.

– Precisamos recuperá-lo – Zeke disse.

– Eu sei – T'Challa respondeu. – E vamos.

CAPÍTULO 34

T'Challa acordou cercado de caixas de pizza vazias, latas de refrigerante meio cheias e o cheiro de alho e de queijo no ar.

– Credo – gemeu.

Então lhe ocorreu:

Meia-noite, sob a lua convexa, na umidade de baixo, onde os arcos se encontram.

Enterrou o rosto no travesseiro.

E quanto às crianças? Elas fizeram o juramento?

Uma fria luz cinzenta do lado de fora invadia o quarto. Parecia infiltrar os ossos e a mente de T'Challa. *Contei a eles*, pensou, *contei a Zeke e a Sheila quem sou.*

Espero ter feito a coisa certa.

T'Challa deu as costas para o armário na escola. Um garoto passou vestido de cavaleiro medieval, carregando uma espada de papel-alumínio.

– Mas o qu...? – T'Challa sussurrou baixinho.

Atrás dele, vinha uma menina numa fantasia de astronauta, que incluía um capacete enorme com um visor na frente. Em seguida, surgiram bruxas e magos, homens das cavernas e vaqueiros, e o que só podiam ser personagens de livros e de filmes a que T'Challa jamais assistira. Variavam dos mais nojentos a uns completamente ridículos.

Halloween, lembrou-se de repente.

– Ei.

T'Challa se virou na direção oposta. Na sua frente, uma pequena figura numa capa preta e calças vermelhas, com uma máscara de dominó cercando-lhe os olhos.

– Zeke? – T'Challa arriscou.

– Não sou o Zeke – contestou a figura. – Sou o ajudante do Pantera Negra. Raio Vermelho!

– Shhh! – T'Challa tentou calá-lo, olhando ao redor desconfiado.

Sheila se juntou a Zeke e o avaliou de cima a baixo.

– Isso é sério? – perguntou.

– E quem, supostamente, você deveria ser? – Zeke quis saber.

– Uma garota como outra qualquer – Sheila respondeu, apoiando-se no armário e examinando as unhas. – Perita em STEM, hacker de computadores e, de forma geral, uma menina muito encrenqueira.

Até Zeke sorriu disso.

Sheila exibiu um sorriso tímido.

– Olha só – disse ela –, tenho informações.

Enfiaram-se numa sala de aula vazia, e Sheila apoiou a maleta prateada na mesa, da qual tirou uma pilha de papéis.

– Estive pensando – começou dizendo –, depois que Zeke e eu saímos da embaixada. A avó dele disse que houve um incêndio no porão, certo?

– Certo – T'Challa confirmou.

– Bem, se foi nesse local que Vincent Dubois morreu, faz sentido que seja ali que os Caveiras façam a invocação.

– Bem pensado – T'Challa concordou. – Gemini disse que traria Vincent de volta. E onde ele morreu provavelmente é o lugar certo para fazer isso.

T'Challa fez uma pausa. Não acreditava que falava a sério sobre espíritos e invocações.

– Mas, agora, estamos tentando deter o senhor Jones – Zeke disse. – Não o Gemini. Ele é o Cara Malvado de Verdade, lembram?

– Sim – Sheila prosseguiu, e esperou. T'Challa julgou que a garota esperava que alguém chegasse à conclusão que ela queria.

– Ah – disse ele, então. – Entendi. O senhor Jones saberá onde os Caveiras estarão. É assim que ele vai... fazer o que planejou.

– Exato – confirmou Sheila. E procurou algo em meio aos papéis.

T'Challa relanceou para o relógio na parede. Eles tinham cerca de dez minutos antes de a aula seguinte começar.

– Baixei as plantas da escola na internet quando cheguei em casa – Sheila disse. – Aqui estão. – Alisou uma folha e apontou para um lugar. – Esta é a entrada para o porão, onde o pessoal da manutenção guarda os cortadores de grama e coisas assim. Se conseguirmos passar por ali, poderemos pegar as escadas que vão direto para o porão – então apontou para outro ponto na planta. – Bem *aqui*. – T'Challa notou as unhas dela pintadas de azul com pequenas estrelas brancas.

Inclinou a cabeça e olhou para o lugar.

– Acha mesmo que este pode ser o lugar? Na umidade de baixo, onde os arcos se encontram?

– Talvez – Sheila respondeu.

– Essa porta deve estar trancada depois do horário de fechamento da escola – T'Challa disse. – Está dizendo que nós teremos que...

– Invadir? – Zeke sugeriu. Inclinou-se para trás. – Bem, somos alunos aqui, então, tecnicamente, não estaríamos *de fato* invadindo, certo?

T'Challa hesitou.

– Podemos nos esconder quando as aulas acabarem e depois seguimos em frente.

Sheila balançou a cabeça.

– Não vou ficar escondida num armário por horas e horas até os professores irem embora. Como saberíamos que seria seguro sairmos?

Zeke olhou para Sheila e assentiu.

– Isso é verdade.

A garota tinha razão, T'Challa percebeu.

– Ok – concordou. – Vamos nos encontrar lá e entrar de algum jeito.

– Como? – Zeke perguntou.

T'Challa sorriu.

– Encontraremos um modo.

T'Challa passou o resto do dia ansioso. Toda vez que via Zeke ou Sheila parecia que o olhavam sob uma nova ótica. Ele não era mais T. Charles, e sim T'Challa de Wakanda.

Observou o relógio se mover lentamente durante cada uma das aulas. Aquela seria a noite – a noite da lua convexa. O que Bartholomew Jones planejara?

O sino tocou alto, assustando T'Challa, perdido em pensamentos. Juntou os livros da aula de Francês e seguiu para o corredor. Seu telefone tocou. Baixou o olhar para o pulso e correu para fora. Tinha que ser o pai ligando, ou, de repente lhe ocorreu, alguém ligando para lhe dar *notícias* do pai. Desejava que não fossem ruins.

Passou pelas crianças que lotavam o corredor e pegou a saída mais próxima. Por mais que quisesse atender naquele exato instante, precisava chegar a uma distância segura antes de usar a tecnologia que chamaria atenção.

Empurrou uma porta pesada e correu pelo campo de futebol. Uma revoada de pássaros se dispersou com sua aproximação. Quando chegou à cerca de metal, bateu um dedo na tela e deu as costas para a escola. Se alguém o observasse, pareceria que estava encostado na cerca, olhando para o bosque.

Um holograma do rosto do pai apareceu. T'Challa fechou os olhos por um breve instante, aliviado.

– Pai – disse. – O senhor está bem? O que está acontecendo em Wakanda?

– Fizemos os invasores recuarem – o pai respondeu. – Por enquanto. Eles invadiram o Monte de Vibranium, mas as nossas forças os mantiveram longe.

– Que bom – T'Challa retrucou, orgulhoso do pai. – Sabia que venceríamos.

– Essa foi apenas a primeira batalha, meu filho – disse o Pantera Negra. – Receio que haverá muitas outras tentativas. Capturamos Ulysses Klaw, mas ele fugiu. Parece muito determinado a usar vibranium para construir uma espécie de arma sônica.

Um borrão de estática atrapalhou a imagem na tela e rapidamente se desfez.

– T'Challa – disse o pai. – Como está M'Baku?

T'Challa se empertigou. *Não posso lhe contar nada. Esta é minha missão. Tenho que fazer isso sozinho.*

– Ele está… melhor. Ambos estamos bem, pai.

O rosto do Pantera Negra, porém, revelou ceticismo.

– Tome cuidado, T'Challa. Não revele sua verdadeira identidade. Pode existir perigo no exterior. Compreende?

– Sim – respondeu T'Challa, quase visivelmente se retraindo.

Houve um momento de silêncio entre eles. T'Challa olhou ao redor. O vento aumentava, remexendo folhas caídas aos seus pés.

Apesar de realmente entender o pai, já rompera sua promessa.

CAPÍTULO 35

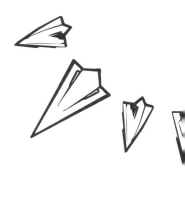

T'Challa, de pé diante do espelho, segurava o traje de Pantera nas mãos. Uma vez mais, sentiu que a roupa *queria* ser usada. As pontas dos dedos formigavam enquanto tocava no tecido, a pulsação acelerada, e o peito arfando a cada respiração.

Vestiu o traje.

Sentiu-se poderoso. Majestoso. Admirou-se diante do espelho, com a sensação de que estava encenando. Mas não. Era *real*.

– Ainda não sou o Pantera Negra – disse, olhando para o rosto no espelho –, mas prometo que não desapontarei Wakanda.

Saiu do banheiro e caminhou até o quarto da embaixada.

– Uau! – Zeke exclamou. – Você parece um... super-herói.

– Bem, ele é – confirmou Sheila, sorridente. Deu a volta na pasta prateada e a fechou com um clique ressonante.

Zeke, em frente ao espelho, fazia uma pose vestido na fantasia de Raio Vermelho. Sheila olhou-o e balançou a cabeça, mas a expressão dos olhos era risonha.

– Fale-me sobre o vibranium – Sheila pediu.

– Chocou-se em Wakanda num meteoro, há muito tempo – T'Challa começou a contar. – É o metal mais raro na Terra, absorve e também emite energia.

– Interessante – Sheila comentou. – Portanto, se estoca energia, pode ser usado como uma arma, correto?

T'Challa fez uma pausa. *Uma arma?*

– Acho que sim – respondeu, sem contar nada a respeito do que o pai lhe dissera antes: Ulysses Klaw planejava uma espécie de arma sônica. – Em Wakanda, ele fica o tempo todo muito bem protegido de contrabandistas e ladrões.

Sheila assentiu.

– Como ela é? – ela perguntou – Hum... a sua terra natal?

T'Challa soltou o ar.

– Linda. As florestas são verdejantes e abundantes; os lagos e rios, absolutamente límpidos. Até o ar é especial.

Sentiu uma fisgada no estômago ao pensar no lar. Estava preocupado com o pai e com os amigos. Mas o pai dissera que havia uma trégua na guerra. *Por favor, que fiquem em paz*, ele orou em súplica. *Até mesmo... Hunter.*

Sheila pareceu captar a preocupação de T'Challa.

– Vamos pegá-lo de volta – ela afirmou. – O seu anel.

T'Challa assentiu.

– Estou mais preocupado com M'Baku.

Verdade. Embora preocupasse o pai a possibilidade de apenas uma pequena porção de vibranium se perder no mundo, um amigo ou um cidadão de Wakanda era insubstituível.

Precisava ser bem-sucedido. E depois voltar para casa. Se Wakanda continuava sob a ameaça de uma guerra, ele teria que estar lá, junto ao pai.

T'Challa vestiu roupas normais por cima do traje, tão leve e fino que nem sequer parecia usá-lo.

Sheila se virou para Zeke.

– Vai mesmo usar isso?

– Claro! – Zeke respondeu irritado. – É como um *cosplay*, mas para valer.

– O que é *cosplay*? – T'Challa perguntou, enfiando a máscara na mochila e depois a ajeitando nos ombros.

– Uma espécie de teatro de nerds – Sheila caçoou.

– Conto mais tarde – Zeke disse. – Quando tivermos... terminado este assunto. – Ele engoliu em seco e, pela primeira vez, T'Challa percebeu dúvida sombreando o rosto do amigo.

– Vocês não têm que fazer isso – T'Challa disse com gentileza. – M'Baku é meu amigo. Não posso simplesmente ficar de lado assistindo a... ao *que quer* que venha a acontecer. Não com ele e nem com ninguém mais. Mas entendo se não quiserem ir em frente.

– *Como é que é?* – Sheila exclamou. – Estou aqui porque você é *meu* amigo. E é assim que os amigos agem, certo, T'Challa? Ajudam uns aos outros.

T'Challa se calou. Era a primeira vez que um dos dois usava o nome verdadeiro dele.

– Sim – Zeke concordou. – Um por todos e todos por um, é por aí.

T'Challa sorriu. Eram aquelas as palavras que ele e M'Baku costumavam dizer um ao outro. Não importava como aquilo terminaria, ele pensou; definitivamente fizera bons amigos ali nos Estados Unidos. Olhou para os dois e soltou o ar.

– Prontos?

Do lado de fora, a Avenida Michigan estava lotada de gente, ainda que um vento gelado passasse em meio aos arranha-céus. De vez em quando, surgiam grupos festeiros que, para T'Challa, pareciam completamente alheios ao frio.

O trajeto de ônibus até a escola foi tranquilo, exceto por alguns adolescentes fantasiados que riam descontroladamente, sem T'Challa compreender o motivo.

O trio atravessava o estacionamento deserto. T'Challa julgou estranho estar na escola tão tarde. Alguns poucos carros solitários estavam estacionados como feras adormecidas.

Sheila os conduziu até o canto do colégio que indicara na planta. Uns poucos degraus estreitos conduziam a uma porta. T'Challa não conseguia acreditar que iria mesmo invadir a escola.

Zeke estendeu a mão e virou a maçaneta, depois gemeu.

— O que aconteceu? — Sheila perguntou, avançando um passo para ver o ocorrido.
— Maravilha — disse Zeke, frustrado. — Esta porta precisa de cartão magnético.
— Na verdade — T'Challa disse —, assim fica melhor. — E enrolou a manga.
— Como o seu relógio super-Google vai destrancar a porta? — Sheila perguntou.
— Assim — T'Challa afirmou, e depois digitou uma sequência numérica no mostrador do relógio. — Preciso de um papel.
Zeke abriu a mochila e arrancou uma folha de um caderno.
— Rasgue um pedaço menor — T'Challa o orientou.
O amigo atendeu ao pedido de T'Challa em silêncio e devolveu-lhe o pedaço de papel.
T'Challa o pegou, o dobrou pela metade e o passou algumas vezes depois pela parte magnética do leitor de segurança da porta.
— O que está fazendo? — Zeke perguntou.
T'Challa pegou o papel e depois o colocou sobre o relógio.
— Revele — disse.
Zeke e Sheila observaram fascinados enquanto uma luz piscante vermelha reluzia debaixo do papel.
— Vamos lá — T'Challa sussurrou ansioso. A luz passou de vermelha a verde, seguida de um bipe. — Beleza!
Então, levantou o papel do relógio e voltou a deslizá-lo na trava de segurança da porta.
Clique.
Um ponto vermelho piscou na caixa preta.
— Conseguimos — T'Challa disse.
A boca de Zeke se escancarou.
— Cara, posso ter um desses relógios?
— Duvido — T'Challa respondeu, e empurrou a porta.

Mosaicos feitos de cacos pretos e brancos recobriam as paredes que conduziam ao porão da escola. Vapor sibilante e som de canos rangendo dominavam o ar. Gotas de umidade se colavam aos ladrilhos.

T'Challa apoiou um pé no degrau de baixo. Diante dele, escuridão total.

– Esperem um minuto – disse, a voz ecoando no escuro. Em seguida, tirou a mochila dos ombros e despiu as roupas normais, guardando-as e revelando o traje de Pantera Negra. O tecido de vibranium piscava na escuridão, como estrelas.

– Ótimo – Zeke disse, e depois, seguindo o exemplo de T'Challa, ficou com a fantasia de Raio Vermelho.

T'Challa assumiu a liderança.

– Nada de lanternas – disse.

Uma vez mais, sentiu que o traje o ajudava a enxergar no escuro. Assim, vislumbrou as rachaduras nas paredes, sentiu o ar movendo-se, ainda que sem perceber as poças de água onde pisava.

Andaram em fila indiana, a mão de Zeke apoiada no ombro de T'Challa, e a de Sheila, no dele.

– Consegue enxergar? – Zeke perguntou.

– Consigo – T'Challa respondeu.

– Que bom – Sheila disse. – Por favor, não nos conduza a um buraco de 15 metros de profundidade nem nada do tipo.

– Claro que não – T'Challa prometeu, desejando muito não se equivocar.

Continuaram a caminhada. T'Challa sentia o ar à frente, frio e úmido. Pareciam estar num espaço vasto e vazio, desprovido de quaisquer objetos ou estruturas. Todo *vazio*.

– Esperem – T'Challa disse de repente.

– O que foi? – Sheila perguntou.

– Mais degraus – T'Challa avisou.

– Como é possível? – Sheila perguntou mais uma vez. – Vi a planta. Este é o porão da escola.

– Veremos – T'Challa disse, conduzindo-os para baixo.

Na verdade, tratava-se de um lance pequeno de escada, e em seu fim pulsava uma luz fraca.

– Estou vendo uma luz – Zeke disse.

– Graças a Deus! – Sheila exclamou.

T'Challa explicou, depois de chegar ao fim da escada:

– Este é um subporão.

– Um porão debaixo de um porão? – Zeke perguntou descrente. – Cara...

– Vejam isto – T'Challa disse.

Era uma porta circular trancada por uma imensa trava de ferro. T'Challa se lembrou da porta de um submarino que um dia vira em Wakanda.

– Para onde ela leva? – Zeke perguntou, olhando por cima do ombro de T'Challa.

– Não a vi na planta – Sheila comentou.

T'Challa cerrou um punho e sentiu o material do traje contraindo-se ao redor dos dedos dele.

– Lá vamos nós – disse, e esmurrou a tranca, que despencou no chão com um som de baque de metal.

– Uau! – Zeke exclamou.

T'Challa tateou a mão direita com a esquerda, impressionado. Não sentia dor alguma.

– O traje absorve energia – constatou.

– Bem que eu queria um desses – Zeke disse.

T'Challa puxou a porta, que rangeu em um grito agudo metálico.
Um túnel. E ainda mergulhado em completa escuridão.
Silêncio.

– Precisamos seguir em frente – Sheila disse com firmeza.

– Tem certeza? – Zeke arriscou dizer.

– Sigam-me – T'Challa disse, entrando no túnel estreito e escuro.

Sentia apenas terra e pedriscos debaixo dos joelhos. O frio e a umidade penetravam-lhe nos ossos.

– E se este túnel não tiver fim? – Zeke perguntou. – E se ficarmos rastejando aqui para sempre?

– Obrigada, Zeke – Sheila disse. – Obrigada por enfiar essa possibilidade na minha cabeça.

T'Challa se concentrou na tarefa. Queria sair do confinamento.

– Se existe mesmo alguma coisa acontecendo aqui embaixo – disse ele –, como entraram se a porta estava trancada?

– Talvez alguma outra entrada? – Sheila sugeriu.

T'Challa não respondeu. Havia algo adiante, o contorno de algumas figuras.

– Acho que estamos nos aproximando do final – afirmou.

O ar frio acariciou o rosto de T'Challa. E, como viu, o túnel acabava num espaço aberto. A T'Challa não restava alternativa a não ser rolar para fora e cair no chão, cerca de meio metro mais abaixo. Zeke e Sheila o seguiram.

– Ai! – Zeke gemeu, aprumando-se e levantando. – Isso doeu.

– É difícil ser super-herói, Zeke – Sheila brincou. – Dá para imaginar isso?

T'Challa observou o espaço diante deles.

– Onde estamos? – Sheila perguntou. – Acho que saímos da escola.

– Parece que estamos dentro de um sistema de água – Zeke sugeriu. – Talvez um antigo sistema de esgoto. Ouvi dizer que existem túneis subterrâneos muito diferentes em Chicago.

Andaram alguns metros e T'Challa parou de repente. Colunas imensas sustentavam a estrutura acima da cabeça dele.

– Hum... gente... – disse, e depois apontou para dois arcos de pedra construídos ao estilo romano, que terminavam um apoiado no outro.

– Onde os arcos se encontram – disse ele.

– Na umidade de baixo – Sheila completou.

– Basicamente, onde estamos agora – Zeke acrescentou, pisando numa poça enlameada.

T'Challa sentiu o ar frio semelhante a um manto sufocante de umidade. Avançou alguns passos e depois parou.

Arquejou.

Armadilhas do Diabo criavam uma trilha adiante e depois faziam uma curva num canto escuro.

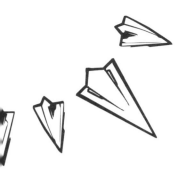

CAPÍTULO 36

– Isso são...? – Sheila começou a perguntar.

– São – Zeke respondeu. – Ah, cara, muito assustador.

– Temos que seguir essa trilha – T'Challa disse. – Precisamos segui-la. – Fez uma pausa e farejou o ar. – Estão sentindo o cheiro?

– Fumaça – Sheila constatou.

– Muito cuidado – T'Challa os alertou. – Sigam-me.

Sheila e Zeke obedeceram sem reclamar, andando por um caminho estreito, com poucos metros de largura e paredes de cada lado. Guiaram-se pelos arcos misteriosos até chegarem a outro espaço aberto. T'Challa inspirou fundo.

Gemini Jones e os Caveiras se reuniam ao redor de uma pequena fogueira. A fumaça subindo se desvanecia num teto invisível. Uma voz ecoava pelo espaço cavernoso, e não havia como confundi-la.

– Hoje, aqui, somos uma única entidade – Gemini dizia. – Invocaremos o Príncipe dos Ossos!

Um clamor de alegria se espalhou entre os Caveiras.

T'Challa engoliu com força.

A voz de Gemini ecoou novamente pelo espaço mal iluminado:

– Essa coisa chamada de Magicka é um demônio temido, e rapidamente engana os que se creem poderosos. Fazer é acreditar, irmão. Acredite e prosperará.

As mesmas palavras de Vincent Dubois, T'Challa percebeu. *Aquelas do grimório.*

T'Challa viu M'Baku sorrindo no meio do grupo.

– Eu lhes prometo poder – Gemini disse. – O Príncipe dos Ossos nos dará poder e muito mais! – Então T'Challa o observou andar num círculo, como fizera na cabana do bosque. Estava em seu elemento. E tinha o seu público.

– Temos que alertá-los – T'Challa sussurrou.

Um feixe de luz atravessou uma rachadura em algum ponto acima das cabeças deles. Gemini e os Caveiras ergueram o olhar para o luar fraco, responsável pelo brilho. *A noite da lua convexa*, T'Challa constatou, e mais uma vez notou M'Baku. Parecia hipnotizado, enfeitiçado, os olhos arregalados e maravilhados. Era a chance de T'Challa, que se levantou acompanhado por Zeke e Sheila.

– Gemini – ele o chamou.

Gemini Jones se virou. Por um instante, apenas esquadrinhou o local, como se não soubesse quem o chamara. Mas, em seguida, seus olhos pousaram sobre T'Challa.

– Você de novo, não – disse, exasperado. E depois: – *T'Challa.*

T'Challa emudeceu.

Gemini inclinou a cabeça de lado e sorriu.

– Ah, puxa. Não sabia que o seu amiguinho M'Baku me contou quem você é?

T'Challa se retraiu. M'Baku cometera a pior das traições. *Por quê? Para ser aceito? Respeitado?* Ele não entendia.

– Você sabe o que acontece com espiões, não sabe, T'Challa? – Gemini o provocou. – São pegos. – E estalou as juntas dos dedos.

T'Challa precisava ser cuidadoso. As bravatas infantis de Gemini não poderiam distraí-lo.

Gemini inclinou de novo a cabeça, curioso, avaliando a aparência de Zeke.

– O que está vestindo, cara? Você é algum tipo de rato? O Super-Rato?

Gemini e os amigos gargalharam num tom de escárnio. M'Baku pairava mais atrás, nas sombras, quieto, limitando-se a fitar T'Challa com uma expressão de culpa.

– Não sei como nos encontrou aqui – Gemini disse. – Mas, em alguns minutos, acabará se arrependendo.

– Gemini – T'Challa começou, numa voz firme –, você corre perigo. Todos vocês.

A testa de Gemini se franziu.

– Essa história de novo? Ah, não – balançou a cabeça de um lado, os lábios curvados. – Cara, é melhor voltar correndo para casa antes que se machuque.

Um coro de "oh" passou pelos amigos dele, acompanhado de algumas palmas.

T'Challa fitou o chão, a mandíbula travada. Precisava fazer alguma coisa, mas o quê?

Ergueu a cabeça e disse:

– O seu pai.

A cabeça de Gemini se virou rápido.

– Eu não lhe avisei que não falasse do meu pai?

– O Círculo dos Nove – T'Challa completou.

– Círculo do *quê*? – Gemini questionou.

Ele não sabe, T'Challa pensou horrorizado.

– As palavras – T'Challa disse. – O juramento que você os obrigou a fazer.

Os Caveiras pararam de falar. O silêncio repentino soou estranho a T'Challa, como se fosse uma imobilidade premonitória.

– "A escuridão cai" – ele começou. – "E Ele..."

– Cara, não entendo o que pretende – Gemini disse –, mas é melhor voltar correndo para casa. Está se metendo com coisas que desconhece.

– Você fez todos eles jurarem sobre um livro – Zeke disse.

Um murmúrio se ergueu no meio do grupo, mas sem relação com as palavras de Zeke.

– O que é aquilo? – Wilhelmina Cross sussurrou.

T'Challa se virou, tenso e pronto.

Da escuridão mais além, surgiu uma figura. T'Challa se inclinou, tentando, sem êxito, distingui-la. À medida que se aproximava, ela se dividiu como uma célula se partindo em um microscópio.

Homens.

Nove homens.

E Bartholomew Jones liderava a frente, usando um manto preto esvoaçante.

CAPÍTULO 37

O senhor Jones e os seus homens pararam diante de Gemini e dos Caveiras.

T'Challa cerrou os punhos, a força do traje pulsando junto à pele. *O que papai faria caso estivesse aqui?*

Mas não estava.

T'Challa teria de ser o Pantera Negra, e assim se esquivou das sombras.

O senhor Jones se virou.

– Jovem príncipe – ele disse. – Então veio assistir ao meu despertar.

Gemini inclinou a cabeça de lado.

– Ele é um tolo, pai. Eu já disse que ele não tem nada para fazer aqui, mas se recusa a me escutar.

T'Challa avançou mais um passo.

– O que quer que esteja fazendo, eu lhe dou mais uma chance de desistir agora, antes que pessoas se machuquem.

– Machuquem? – Gemini repetiu. – Sabe com quem está falando?

– O meu anel – T'Challa exigiu saber. – Onde está?

O senhor Jones colocou a mão dentro das dobras do manto. Um medalhão de prata estava pendurado em seu pescoço. T'Challa avançou mais um passo.

Lentamente, o senhor Jones afastou a mão e revelou um frasco dentro do qual balançava um líquido prateado.

– Está se referindo a isto? – Ele elevou o frasquinho, iluminando a escuridão do local.

T'Challa estremeceu. *O que esse sujeito fez com o meu anel?*

O senhor Jones elevou ainda mais o frasco, e o teto do ambiente cavernoso se iluminou também.

– Você sabia que, quando encontraram vibranium em Wakanda pela primeira vez, ele transformou muitas das pessoas do seu povo em espíritos demoníacos?

– Pai – Gemini o chamou –, o que está acontecendo? Usamos isso na invocação?

O homem se virou para o filho.

– Ah, sim, haverá uma invocação, mas certamente não por um estudantezinho morto.

Gemini inclinou a cabeça novamente, num gesto de incompreensão. *Sobre o que ele está falando?*, T'Challa pensou, e então entendeu que precisava tomar uma decisão: tentar conter o senhor Jones naquele momento ou deixá-lo falar. Permaneceu atento, pronto para agir.

– Temos o portal, pai – ele disse, apontando para uma disposição de Armadilhas do Diabo em formato de triângulo. – Comecei na escola. Colocamos as Armadilhas em volta da entrada toda, assim ele poderá segui-las até aqui.

– Fez muito bem, meu filho – elogiou o senhor Jones. – Esta noite, eu lhe mostrarei os grandes mistérios, conforme prometido.

Gemini se virou para seus seguidores, sorriu e moveu a cabeça em aprovação.

– Viram o que lhes disse? É isso mesmo. Felizes por terem ficado comigo agora?

Cabeças começaram a balançar em concordância, mas T'Challa percebeu diversos garotos calados, entreolhando-se, perguntando-se no que haviam se metido.

– Ele virá por aqui – Gemini prosseguiu, uma energia nervosa emanando dele em ondas –, o Príncipe dos Ossos. E nos dará poder! Mais do que poderíamos querer!

Mas os Caveiras nem saudaram nem aplaudiram dessa vez. Observavam o pai de Gemini e os homens calados posicionados atrás dele.

– Fiz todos eles jurarem sobre o livro também – Gemini disse, virando-se para o pai. – Como o senhor me orientou.

– Muito bom, meu filho – elogiou mais uma vez o senhor Jones.

– Temos que fazer alguma coisa *agora* – Sheila sussurrou.

T'Challa sentiu o material do traje se contraindo, quase como uma entidade viva. O espírito do Pantera Negra, a Deusa Bast, se mexia dentro dele, pronto para ser libertado.

O senhor Jones deu uns passos à frente.

– Precisam fazer uma coisa agora – ele disse, olhando para o grupo. – Entendam, para grandes conquistas, é necessário que se façam sacrifícios.

Gemini assentiu, ainda esperançoso de que seu momento de grandiosidade logo aconteceria para que todos vissem; pelo menos assim pensava T'Challa.

– Por vezes, o sacrifício é difícil – prosseguiu o senhor Jones –, mas a grande recompensa vem. Por exemplo, quando todos vocês depositaram as mãos sobre o Grande Livro dos Símbolos e repetiram o encantamento, juraram suas almas.

T'Challa ficou atônito. *Juraram as almas?*

Gemini balançou a cabeça num gesto nervoso.

– Mas o senhor disse que o feitiço abriria a porta para o além. Disse que aquelas palavras trariam de volta Vincent Dubois. Era o que significavam em núbio antigo, como me mostrou.

– A escuridão cai – entoou o senhor Jones – e Ele despertará. Jure a Ele e recompensado será.

Gemini andava de um lado a outro diante do pai.

– O que está dizendo? Não me disse que aconteceria isso. O senhor me falou para fazê-los jurar sobre o livro. Eu não teria...

– Mas já fez, garoto – afirmou o senhor Jones com determinação. – E a hora chegou.

T'Challa nem sequer sabia o que dizer, limitando-se a olhar para os dois, pai e filho, ambos tão diferentes dele e do seu pai.

O senhor Jones se posicionou diante das outras crianças, como um professor repreendendo alunos malcriados.

– As suas almas libertarão o Obayifo – disse ele. – E a recompensa será a vida eterna. Através dele.

– Obey... o quê? – Gemini perguntou com medo. T'Challa percebeu o pavor na postura dele de pé, parecendo ter-se encolhido dentro de si mesmo.

– O-bay-i-fo – o senhor Jones pronunciou lentamente. – Também conhecido como Asiman. O juramento foi de sacrifício. O Obayifo se alimenta de almas. Para ser mais preciso, de almas de crianças. – Inclinou a cabeça e farejou o ar. – De fato, creio que ele já esteja aqui agora.

Os homens atrás do senhor Jones iniciaram um cântico em um som familiar. *Núbio antigo*, T'Challa percebeu.

As crianças observavam a cena desconfiadas. T'Challa viu M'Baku olhando para a esquerda e para a direita. Estaria esperando que T'Challa o ajudasse?

Tenho de atacar agora, T'Challa disse a si mesmo. *A coragem não pode me abandonar justo neste momento.*

– Muito tempo atrás – disse o senhor Jones, começando a andar ao se dirigir ao grupo –, antes de eu encontrar o caminho mais nobre, estudava Física de partículas. Passaram-se anos até, por fim, encontrar... encontrar o trabalho da minha vida – percorreu um dedo ao longo do medalhão de prata ao redor do pescoço, que se abriu com um clique. Uma pequenina conta vermelha se aninhava ali. – Está aqui, na Partícula de Deus. E, quando fundida com a energia condensada do vibranium, abrirá uma porta para outro reino, do qual surgirei como um deus.

O senhor Jones arrancou o medalhão do pescoço e o jogou no chão.

T'Challa correu para pegá-lo.

Mas não antes de o senhor Jones virar o frasco sobre o objeto brilhante aos seus pés.

CAPÍTULO 38

Um BUM ensurdecedor tiniu nos ouvidos de T'Challa, arremessando-o para trás.

A escuridão à frente dele foi substituída por uma fenda enorme, cercada de um fogo vermelho e roxo.

– Zeke! – T'Challa exclamou. – Sheila!

Silêncio total.

Gemini e os Caveiras também haviam desaparecido. T'Challa se levantou. Do buraco diante dele veio um ruído semelhante a um trovão ao longe. Raios pulsaram em cores que T'Challa nem sequer conseguia descrever.

E, de dentro da fenda, apareceu o senhor Jones.

Mas estava mudado.

Uma luz prateada e metálica o atravessava, como um jarro sendo enchido de água.

O senhor Jones balançava a cabeça para frente e para trás, como se em sofrimento, mas logo se aprumou ereto, a estranha luz dentro dele piscando. O rosto... estava... se transformando.

Os homens se levantaram depois da explosão e retomaram o cântico. T'Challa o sentia vibrando dentro dos ossos. A cabeça abaixada do senhor Jones logo se ergueu.

O corpo de T'Challa estremeceu.

O senhor Jones se transformara numa coisa completamente diferente. Algo... *sobre-humano.*

E a criatura abriu a boca, revelando uma floresta de pequeninos ferrões pretos no lugar dos dentes. Os olhos vermelhos ardiam em chamas.

– Ele está aqui! – A coisa rugiu, os braços erguidos para o céu. – O Obayifo está aqui!

Horrorizado, T'Challa retrocedeu. *Como posso deter essa criatura? Não vou conseguir.*

Depois de um rompante de nuvem roxa, o caos.

Sheila apareceu correndo do meio da escuridão e lançou algo acima da cabeça. Outra explosão de fumaça roxa dominou o ar. *Bombas de fumaça,* T'Challa pensou pouco antes de uma delas explodir na frente do senhor Jones. A amiga tentava provocar uma distração.

– Raio Vermelho! – Uma vozinha exclamou, e um borrão rubro passou correndo por T'Challa.

– Zeke! – T'Challa exclamou. – Não!

O senhor Jones, com força, lançou Zeke contra uma parede, deixando-o debilitado e machucado.

T'Challa avançou rápido, apoiou o pé em um dos arcos, virou parcialmente o corpo e saltou, aterrissando nas costas da criatura. O Obayifo desabou, mas logo se ergueu, livrando-se de T'Challa, que, depois de rolar pelo chão, se levantou sem demora. Avançou de novo, mais rápido do que imaginava ser possível, e deu um giro. Por pouco não acertou a cabeça da fera; atingiu a parede com um punho, formando uma teia de aranha de rachaduras. T'Challa não tinha tempo para se admirar com a própria força. Precisava continuar lutando.

A criatura atacou-o com o punho fechado, acertando T'Challa no queixo, que voou para trás como se tivesse sido atingido por uma marreta, mesmo com o traje amortecendo o golpe. Caso contrário, estaria morto.

T'Challa deu um salto e se pôs de pé de novo; numa cambalhota para trás, acertou o pé no queixo da criatura e quase aterrissou com firmeza. No último instante, escorregou, e os dois se emaranharam numa confusão de pernas e braços.

Ambos se ergueram com presteza, enfrentando-se resfolegantes.

– Por Wakanda! – T'Challa gritou, avançando novamente. Então saltou mais alto do que seria humanamente possível, e desceu com força, enterrando o cotovelo na coluna da criatura hedionda. Ela berrou, um gemido incômodo e indescritível, e de novo tirou T'Challa das costas.

Ficaram frente a frente uma vez mais, o jovem Pantera e aquela coisa que surgira não se sabe de onde. A respiração de T'Challa saía em lufadas. Ele apertou os punhos e sentiu o traje se contraindo ao redor das juntas dos dedos. Atrás, o buraco do qual o senhor Jones surgira continuava exposto como a bocarra de um gigante, preta e impenetrável.

E nesse momento T'Challa viu as crianças.

– Socorro!

Parecia que um aspirador gigante fora ligado, sugando tudo pelo caminho; um buraco negro que levava a lugar nenhum. Terra e lama giravam e deslizavam na direção do buraco. T'Challa não dispunha de muito tempo.

O Obayifo se ergueu, revelando toda a sua altura. Esticou um braço comprido, que agarrou T'Challa pelo pescoço. Sem conseguir respirar, ele bateu contra a garra que o envolvia pelo pescoço, tentando se libertar. O Obayifo arremessou T'Challa contra a parede, mas a energia cinética do traje do Pantera absorveu o golpe.

– Veja, jovem príncipe – disse a criatura, a poucos centímetros do rosto de T'Challa. – Veja no que se meteu agora.

T'Challa sentiu ânsia de vômito. O monstro fedia à morte.

– Eu o deterei – T'Challa retrucou numa voz estrangulada.

A criatura inclinou a cabeça.

– Mesmo? E como? – Os olhos ardiam num vermelho horrível.

– Assim – T'Challa respondeu, e bateu a testa na cabeça do demônio.

A fera cambaleou, e T'Challa, de pronto, a chutou com força no abdômen, empurrando o monstro em direção ao buraco.

– Socorro! – T'Challa ouviu. Uma força colossal arrastava diversas crianças pelo piso úmido até o buraco negro. Agarravam-se ao chão, sem encontrar pontos de apoio.

Zeke e Sheila, T'Challa pensou aterrorizado. *Tenho que deter essa coisa agora!*

Pelo canto do olho, viu uma figura escura correndo na sua direção.

Gemini Jones foi de cabeça no peito do demônio, derrubando-o. T'Challa de imediato se juntou a ele, agarrando um braço enquanto Gemini segurava o outro. Estavam bem próximos do buraco, que estalava por conta da energia e do fogo.

A coisa sacudia a cabeça repulsiva e grunhia, tentando se soltar, mas os dois garotos a seguravam com firmeza. T'Challa sentia o puxão do buraco tentando tragá-lo. Gemini também era arrastado, como se um ímã invisível os atraísse. T'Challa esticou o outro braço e empurrou o peito de Gemini, mantendo-o fora do buraco, ao mesmo tempo que continuava empurrando o pai do garoto, transformado em besta.

T'Challa enterrou com todas as forças os pés no chão, como fazia quando brincava de cabo de guerra em Wakanda, com M'Baku.

A criatura que antes fora o pai de Gemini também revidava, esforçando-se ao máximo para se afastar do buraco. Mas os dois garotos a arrastaram para mais perto. Luzes brancas piscavam de dentro das profundezas escuras.

T'Challa olhou para Gemini. Gemini olhou pra T'Challa.

Em seguida, empurraram a coisa para o buraco.

CAPÍTULO 39

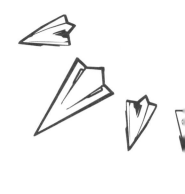

O buraco negro sumiu num piscar de olhos, parecendo jamais ter existido.

T'Challa pensou vislumbrar pequenas órbitas de luzes vermelhas e verdes flutuando no ar, mas não tinha certeza. Sentia-se atordoado, a cabeça zonza em razão de tudo que acabara de acontecer.

O ar estava carregado de estática, mais quente do que apenas poucos minutos atrás. Era como se tivessem fechado uma porta, deixando o ar frio em outro cômodo.

E então, apenas o silêncio. Nada de gritos. Nada de gemidos de dor.

Os homens, o Círculo dos Nove, não estavam em parte alguma. Ouviam-se tão somente as fungadas e o choro abafado das crianças. Zeke e Sheila arrastaram-se de trás dos arcos.

– Acabou? – Zeke perguntou. – Conseguimos detê-lo?

– Conseguimos – T'Challa respondeu. – Estão machucados?

– O meu braço levou a pior – Zeke disse –, e a minha cabeça está doendo um pouco.

– Você foi muito corajoso – T'Challa elogiou. – Ambos foram.

– Um por todos e todos por um – Zeke afirmou.

Mas, então, o som de gemidos e de vozes assustadas os interromperam.

– Ajude-os – T'Challa disse a Gemini.

Sem pensar duas vezes, Gemini se apressou em ajudar os amigos. T'Challa notou que, para um bando supostamente durão, ninguém caçoou do outro por estarem chorando. Testemunharam uma cena terrível. Algo que não pertencia àquele mundo.

– Sinto muito – T'Challa ouviu Gemini dizer a poucos metros dele. – Eu... eu não sabia que meu pai estava me usando. Eu não teria... não poderia... – Parou de falar, levando a mão aos olhos. Balançou a cabeça, e a voz soou carregada de dor: – Sinto muito – repetiu.

Pequenos fachos de luz se formaram dos celulares. Uma confusão de vozes misturadas chegou aos ouvidos de T'Challa:

Alguém ligue para a emergência...

Preciso falar com os meus pais...

Quem era aquele da fantasia preta? Aquele que estava brigando?

T'Challa encontrou a mochila e caminhou para trás de um dos muitos pontos escuros do túnel subterrâneo. Vestiu as roupas normais por cima do traje de Pantera e encontrou Zeke e Sheila.

– Temos que sair daqui – disse-lhes.

– O que foi aquilo? – Zeke perguntou, olhando ao redor desconfiado, como se outra criatura monstruosa fosse aparecer na escuridão. – Como foi que...?

– O pai do Gemini – Sheila completou numa voz distante e baixa. – Ele foi... foi transformado naquilo.

– Sumiu agora – T'Challa afirmou. – O que quer que aquilo tenha sido, não mais fará mal a ninguém. – Virando-se, procurou M'Baku em meio aos demais reunidos, mas nada dele ali.

CAPÍTULO 40

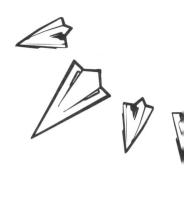

Do lado de fora, o ar estava frio e úmido, mas T'Challa continuava aquecido por conta da adrenalina. Andaram em silêncio pelo estacionamento vazio da escola. O luar pairava fraco acima deles.
– Não consigo acreditar – Zeke disse.
– Ninguém nunca vai acreditar no que vimos – Sheila acrescentou.
– A não ser aqueles que estavam aqui hoje à noite – T'Challa retrucou. *Eles me viram. Todos eles viram quem sou de verdade.*

Quando T'Challa dormiu, naquela noite, mergulhou em sonhos repletos de fogo e fumaça. Acordou diversas vezes arquejando, acreditando que Obayifo, a criatura monstruosa das profundezas do mundo subterrâneo, estava no quarto, atrás dele. Mas, quando seus olhos se ajustavam à escuridão, via apenas o luar atravessando a janela.

M'Baku voltou para a embaixada no dia seguinte, com a mochila a reboque e um olhar de culpa que não parecia capaz de esconder. Sentou-se na beirada da cama e apoiou a cabeça nas mãos. Demorou um bom tempo para falar, mas, por fim, explicou tudo:

– Começou com o Gemini – disse. – Ele me contou que o pai havia viajado para a África e que queria conversar comigo.

T'Challa ouviu atentamente, mas imóvel, rígido, com o mínimo de contato visual, apenas fitando as paredes brancas do quarto.

– Ele era... estranho – M'Baku prosseguiu. – Eu não queria contar nada para ele. Tudo meio que pareceu simplesmente acontecer.

T'Challa achava que o amigo contava a verdade, mas, ainda assim, não conseguia perdoá-lo. Pelo menos não ainda.

– Ele ficou insistindo para saber de onde eu vinha e, de alguma forma, eu... deixei escapar. Sinto muito, meu amigo. De verdade.

T'Challa ainda fumegava.

– E quanto ao meu anel? – Sibilou. Levantou-se e se aproximou de M'Baku. – Foi ideia sua, não foi? Você queria impressionar Gemini e o pai dele! Como pôde me trair desse jeito?

M'Baku abaixou a cabeça.

Com o coração dominado pela raiva, T'Challa cerrou os punhos.

– O que você fez voltará para atormentá-lo um dia – disse ele. – Foi... traição.

M'Baku se levantou. Os dois ficaram cara a cara, respirando profundamente. Mas, antes de chegarem às vias de fato, M'Baku pegou a mochila do chão.

– Acho que não vou mais ficar por aqui – disse, e caminhou para a porta.

– M'Baku – T'Challa começou, cansado. – Chega. Fique aqui. O meu pai...

M'Baku pareceu paralisado, e depois se virou.

– Wakanda foi atacada – T'Challa lhe contou. – Não teve notícias do seu pai?

M'Baku deixou a mochila deslizar pelo ombro.

– Não.

– Não se preocupe – T'Challa falou. – Todos estão bem. Mas o meu pai, o seu *rei*, ordenou que ficássemos aqui até que tudo estivesse sob controle. Portanto, você não pode simplesmente sair para sabe-se lá onde.

M'Baku deu alguns passos e despencou numa cadeira. Suspirou fundo e passou a mão pelos cabelos.

– Você não vai contar para o meu pai, vai?

T'Challa não respondeu.

– Se ele descobrir o que fiz, jamais me perdoará, T'Challa. Ele vai me banir... Vai me obrigar a abandonar o reino.

T'Challa sustentou o olhar do amigo até por fim responder:

– Não sei. Não sei mesmo o que vou fazer.

E os dois garotos não voltaram a conversar pelo resto da noite.

– Obayifo – Zeke leu no celular –, também conhecido como Asiman, é um demônio-vampiro africano. Alimenta-se de frutas maduras e... – engoliu com força – e de *crianças*.

T'Challa, Sheila e Zeke estavam sentados lá fora, na arquibancada do campo de futebol. Na segunda-feira depois do "Evento", palavra usada por Zeke para denominar o acontecido, muitos alunos faltaram às aulas alegando doenças. Mas T'Challa sentia-se bem, assim como os seus amigos. E isso lhe bastava no momento.

Zeke remexia a presilha que mantinha a tipoia no lugar.

– Isso é bem maneiro, sabem – disse ele. – Ter o braço luxado. Me livra da aula de Educação Física.

Seguiu-se um momento de silêncio.

– Como ele fez aquilo? – Sheila perguntou. – O senhor Jones? Como se transformou daquele jeito?

T'Challa ainda não sabia, mas tinha uma teoria, que expôs aos amigos:

– Acho que a energia armazenada na Partícula de Deus combinada com o vibranium condensado abriu um buraco na nossa dimensão.

– Mas como ele se *transformou*? – Zeke perguntou. – Não foi o vibranium que provocou aquilo, foi?

– Não – T'Challa respondeu. – Vibranium é um metal alienígena. Não é mágico. Acredito que o senhor Jones e o Círculo dos

Nove mesclaram magia e ciência. Lembram o cântico? Acho que ele transformou o senhor Jones naquela criatura.

T'Challa se lembrou das palavras do senhor Jones: *Você sabia que, quando encontraram vibranium em Wakanda pela primeira vez, ele transformou muitas das pessoas do seu povo em espíritos demoníacos?*

T'Challa estremeceu. Recordou-se das lendas de Wakanda, que falavam sobre os ancestrais transformados por conta da primeira experiência com o vibranium. Foi Bashenga, o primeiro Pantera Negra, que rezou à Deusa Pantera pedindo forças para derrotá-los.

T'Challa olhou para além do campo de futebol. Corvos silenciosos empoleiravam-se na cerca como sentinelas. O anel já não existia mais, perdido na massa giratória de energia.

Ficou se perguntando, e não pela primeira vez, o que diria ao pai.

CAPÍTULO 41

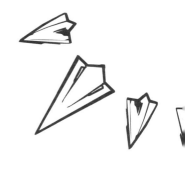

Ninguém mais viu Gemini Jones na escola. Os jornais noticiaram que o pai dele morrera num misterioso acidente num túnel aquífero abandonado.

Mas T'Challa conhecia a verdade, assim como outra dúzia de crianças. Todas elas assistiram à cena de Obayifo possuindo o corpo do senhor Jones.

Sem Gemini Jones, os Caveiras perderam o líder. T'Challa julgava que teria sido melhor se ficassem juntos, unidos pelo vínculo criado pela inacreditável experiência partilhada. Em vez disso, todos se afastaram.

Mas alguns devem ter comentado os acontecimentos daquela noite, na umidade do subterrâneo, onde os arcos se encontram.

Na escola, espalharam-se boatos sobre um garoto numa roupa preta justa que, movendo-se com velocidade sobrenatural, conseguira derrotar a criatura sozinho. Mas eram histórias vagas, como se ninguém pudesse explicar exatamente o que acontecera. *Estava escuro*, alguns disseram. *Tudo aconteceu tão rápido*, outros comentaram.

T'Challa queria, mais do que tudo, deixar aquela noite terrível para trás, e por isso começou a estudar com mais empenho do que nunca. Enterrou-se nos livros escolares, participando de aulas extras e de outras atividades extracurriculares. Até retomou as partidas de xadrez com Zeke.

Quanto a M'Baku, T'Challa nem sequer imaginava onde ele estava. Aparecera apenas naquela primeira noite, logo após a batalha, e depois evaporara.

Uma semana depois do dia em que T'Challa e os amigos se aventuraram no porão da escola, ouviu-se uma batida na porta do quarto da embaixada. Intrigado, ele se deteve à espera.

Toc, toc, toc.

As batidas de novo.

Talvez Zeke ou Sheila.

T'Challa andou até a porta e olhou pelo olho mágico. Inspirou fundo.

Era o homem do tapa-olho.

Aquele que o havia espionado desde que chegara.

O coração de T'Challa disparou. Ele olhou ao redor do cômodo, procurando uma rota de fuga.

– Abra a porta, T'Challa.

Retraiu-se. *Ele sabe o meu nome!*

A voz, forte e grave, parecia estremecer a própria porta. T'Challa recuou. Olhou pelo quarto à procura de uma arma, de qualquer coisa que o ajudasse. Talvez aquele homem estivesse associado ao senhor Jones. Talvez fosse outro membro do Círculo dos Nove!

O sujeito sacudiu a maçaneta do outro lado da porta. T'Challa ouviu alguns cliques metálicos, como se o homem cutucasse a tranca.

Em seguida, a porta se abriu.

CAPÍTULO 42

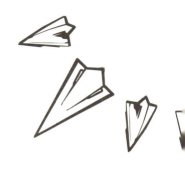

T'Challa ergueu um punho, pronto para atacar, mas o homem rapidamente estendeu o braço e o segurou, envolto numa luva preta. T'Challa se retraiu diante de tanta força.

– T'Challa – disse ele –, não estou aqui para lhe fazer mal. O seu pai me enviou.

O homem soltou o punho de T'Challa, que recuou mais pelo quarto. Ainda não confiava nele. Estava vestido de preto, com uma jaqueta de couro que parecia ter uma dúzia de mistérios. E ainda também o tapa-olho, mantido no lugar por uma tira que lhe circulava a cabeça. O homem fechou a porta.

A T'Challa não restavam muitas opções. Evidentemente, o homem era muito mais forte do que ele, a julgar pela pegada. Se usasse o traje, talvez estivesse à altura do sujeito. Mas não o usava. Estava trancado em segurança no cofre, a poucos metros deles.

– Importa-se se eu me sentar? – O homem perguntou, resolvendo a dúvida de T'Challa quanto ao que dizer. O rapaz assentiu.

O homem se sentou e olhou o quarto.

– Fiquei sabendo que passou por alguns apuros há pouco tempo – começou a dizer. – Creio que com o senhor Jones. Uma situação bem complicada.

O JOVEM PRÍNCIPE

– Você afirmou que conhece o meu pai – T'Challa disse, ignorando as palavras do homem, embora curioso para saber como ele conhecia o nome Bartholomew Jones. – Como vou confiar em você?

O homem cruzou as longas pernas e exalou um suspiro cansado, como se já tivesse explicado a mesma coisa diversas vezes antes.

– O seu pai é T'Chaka, o Pantera Negra atual e Rei de Wakanda. Ele enviou você e o seu camarada, M'Baku, para estudarem aqui, na Escola de Ensino Fundamental South Side. Ambos estavam se saindo bastante bem, pelo menos *você*, até o seu amigo M'Baku se associar aos Caveiras. E depois aconteceu aquela coisa toda com Bartholomew Jones. – Fez uma pausa e sacudiu a cabeça. – Admito que você se saiu muito bem. Diria mesmo que a sua primeira missão foi um sucesso.

T'Challa se sentia confuso.

– Como... o quê... Como sabe de tudo isso?

– Na minha organização, há alguns brinquedinhos que até mesmo os wakandanos invejariam – respondeu, e apontou o dedo para o teto. – Satélites. E alguns drones de vigilância. Vimos tudo. Considere que agimos como uma espécie de retaguarda. Não acredito que o seu pai ficasse muito feliz se as coisas saíssem do controle.

– Saíssem do controle! – T'Challa exclamou num tom alto de voz. – As pessoas quase morreram ali! O senhor Jones morreu *mesmo*! E você assistiu a tudo sem fazer nada? Quem é você? Diga logo.

– Lamento todo o mistério – o homem retrucou. – O seu pai sempre diz que me prolongo demais.

Ele enfiou a mão dentro de um dos diversos bolsos. T'Challa ficou tenso, mas o homem lentamente puxou uma caixinha preta metálica e a abriu. T'Challa se inclinou para ler.

NICK FURY
Diretor

S.H.I.E.L.D.

T'Challa se endireitou de novo. Ouvira falar daquele homem e daquela organização.

— Você é... o mesmo Nick Fury? O amigo do meu pai?

Nick Fury quase sorriu.

— Bem, não se conquista facilmente a amizade do seu pai, mas, sim, eu diria que sou *o mesmo* Nick Fury. O seu pai avisou à S.H.I.E.L.D. que você viria para os Estados Unidos. Pediu-me que ficasse de olho em você, mas de longe. Portanto, fiz exatamente isso.

T'Challa se sentou. Balançou a cabeça. Deveria ter imaginado que o pai mandaria alguém para vigiá-lo. Pensara nisso quando avistara esse homem, Nick Fury, pela primeira vez.

— E agora? – T'Challa perguntou.

Nick Fury se inclinou para a frente.

— Agora faremos uma pequena viagem.

T'Challa engoliu em seco.

— Viagem? Quer dizer que vou deixar a embaixada? E quanto a M'Baku?

A boca de Nick Fury se abriu num sorriso largo.

— Ah – respondeu –, já cuidei dele.

CAPÍTULO 43

Quando Nick Fury disse "já cuidei dele", quis dizer que "já o enfiei num SUV preto sem identificação e o levei a um destino desconhecido", o mesmo lugar para o qual encaminhava T'Challa naquele momento.

— Foi um pouco mais difícil convencer o seu camarada M'Baku – ele disse a T'Challa. — Por isso, precisei ser mais... persuasivo. Encontrei-o na casa de Wilhelmina Cross. Disse aos pais dela que eu era o guardião dele. Mas precisei convencê-los disso.

Bem feito para ele, T'Challa pensou, ainda chateado pela traição do amigo. Nunca estivera sob os efeitos de um feitiço. Fora traído, pura e simplesmente.

— E quanto aos meus amigos? – ele perguntou. — Zeke e Sheila. Voltarei a vê-los?

— Creio que poderemos dar um jeito nisso – Nick Fury respondeu.

O trajeto foi longo, e o SUV, se é assim que poderia ser chamado, considerando-se que era mais comprido que a maioria, tinha todas as janelas pretas. T'Challa nem sequer podia passar o tempo olhando para as ruas da cidade. Mas havia confortos, incluindo lanches variados, algumas dúzias de filmes à disposição e inúmeros tipos de bebidas, desde limonada até chocolate quente. E também videogames, que ele, ainda que fora do clima, jogou nos monitores embutidos. Outros muitos monitores embutidos nos bancos de couro mostravam áreas de conflito e atividades pouco corriqueiras em zonas perigosas em todo o mundo. T'Challa leu em um deles: Wakanda calma após recente contenda. Suspirou aliviado.

Depois de mais uma hora de viagem, o carro por fim parou. Nick Fury não falara muito durante o trajeto. T'Challa tinha perguntas, mas hesitava em formulá-las. Não tinha medo dele. Só estava alerta.

Saindo do carro, T'Challa espiou ao redor. Na escuridão, não se via o contorno da cidade. O único sinal de vida era um hangar imenso, com algumas pessoas ocupadas andando de um lado para outro, trabalhando em algo parecido com um motor gigante.

– Siga-me – instruiu Nick Fury.

T'Challa o acompanhou até o hangar. Alguns trabalhadores acenaram, outros até lançaram sorrisos sérios, mas ninguém disse nada. O que quer que acontecesse naquele lugar parecia bem importante.

Pararam diante de uma enorme porta de aço. Nick Fury pressionou um botão acoplado na parede e aproximou o olho dela. Um clique, e a porta se abriu.

– Pode ir na frente – Nick ofereceu.

O elevador pareceu levar uma eternidade para descer. Era silencioso, e nem se escutava um mínimo sibilo da engrenagem. Por fim, depois da impressão de ter passado um tempo, ele finalmente alcançou o chão e a porta deslizou, abrindo-se.

Filas e filas de computadores cobriam todas as paredes. Homens e mulheres usando fones sentavam-se diante dos terminais, falando numa dúzia de idiomas diferentes.

– Bem-vindo à S.H.I.E.L.D. – Nick Fury anunciou.

T'Challa olhou ao redor, os olhos arregalados.

– Dê uma bela espiada – Nick Fury recomendou. – Amanhã de manhã, vou levá-lo de volta a Wakanda.

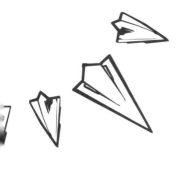

CAPÍTULO 44

T'Challa olhou pela janela do avião, como fizera quando chegara a Chicago. Parecia ter decorrido muito tempo. Os espirais reluzentes da Cidade Dourada de Wakanda surgiram, cercados pelas florestas verdejantes e pelos lagos e rios cintilantes. T'Challa ouviu o ruído do alto-falante acoplado ao assento.

— Aterrissaremos em poucos minutos — Nick Fury anunciou da cabine do piloto.

T'Challa olhou de relance para M'Baku, cochilando em um assento do outro lado do corredor. Ele se acomodara no lugar mais distante de T'Challa assim que embarcaram. Em diversos momentos, T'Challa quis lhe dizer que se esquecesse de tudo: os Caveiras, o anel, o pai de Gemini. Mas não conseguiu. Não naquela hora. Ainda não.

No dia anterior, Nick Fury lhes proporcionara o "grande tour", como ele mesmo chamara. Em todas as salas parecia haver mistérios, desde nanorrobótica até inteligência artificial. M'Baku ficara atrás dele, parecendo desinteressado naquela parafernália. Poucas semanas antes, ele teria ficado fora de si, mas naquele momento era uma mera sombra de si mesmo.

T'Challa soltou o ar lentamente. Borboletas farfalhavam em seu estômago. Não por causa do avião, mas pela perspectiva de rever o pai.

T'Challa percebeu os efeitos da guerra de imediato. Muitos prédios danificados, com janelas quebradas e marcas pretas de queimado, maculavam a maioria das construções importantes, inclusive o Monte de Vibranium. Os pavilhões armados para a partida de T'Challa haviam sido desmontados havia muito tempo e, na área, armas militares e batalhões de tropas ainda se mantinham em alerta.

M'Baku fora levado por um dos auxiliares militares do pai dele logo após a aterrissagem. Trocaram um último olhar antes de se afastarem. *Voltaremos a nos falar*, T'Challa pensou. *Um dia.*

Nick Fury de pronto foi ver o pai de T'Challa, que aproveitou o tempo para se lavar e descansar por alguns minutos no seu quarto.

Uma batida à porta o despertou sobressaltado.

– Pode entrar – disse.

A porta se abriu sem ruído algum, e Hunter entrou no aposento.

No curto espaço de tempo em que T'Challa estivera longe de casa, parecia que seu irmão de criação mais velho crescera uns 10 centímetros. Vestia um uniforme preto, identificado apenas pelo rosto orgulhoso de uma pantera na parte superior do ombro direito. *Deve ser Hatut Zeraze*, T'Challa pensou, *a força policial secreta.* Na cabeça, uma boina num ângulo preciso, e T'Challa pensou em Nick Fury.

– Irmão – Hunter disse, fechando a porta –, como tem passado?

T'Challa decidiu pelo menos tentar um recomeço com o pé direito.

– Estou bem, e feliz por estar de volta.

Hunter caminhou pelo quarto de T'Challa. Apanhou de uma mesinha uma estatueta de pantera em madeira e a virou na mão.

– Nosso pai me contou que você participou de uma pequena aventura lá, enquanto estávamos sendo atacados aqui.

T'Challa engoliu em seco. *Ele já sabe?*

O JOVEM PRÍNCIPE

– Foi inesperado – disse –, mas precisava ser resolvido.

– E você se revelou, não foi? As pessoas sabem quem você é?

T'Challa não respondeu.

Hunter devolveu a escultura à mesinha. Olhou ao redor do quarto como se nunca o tivesse visto, embora muitas e muitas vezes estivera lá.

– É um fardo ser líder – ele disse, preguiçosamente. – Algumas pessoas simplesmente não foram talhadas para isso.

T'Challa se recusou a morder a isca.

– Talvez você possa passar pelo centro de treinamento amanhã – Hunter sugeriu. – Verá alguns dos novos recrutas. Nem todos chegarão a ser Hatut Zeraze, mas tentarão.

T'Challa se lembrou do senhor Blevins e do primeiro dia de aula de Educação Física.

Hunter soltou o ar lentamente.

– Vejo você por aí, irmão. É muito bom que esteja em casa de novo, inteiro.

T'Challa engoliu seu orgulho. Lembrou-se de como, no meio da confusão em Wakanda, ele perguntara ao pai se Hunter fora ferido. Apesar das constantes brigas, não queria o irmão machucado. Talvez pudessem recomeçar tentando esquecer o passado turbulento que haviam compartilhado. Soltou o ar.

– Também é bom vê-lo – disse ele. – E é bom estar em casa.

T'Challa hesitava a cada passo, como ocorrera quando as Dora Milaje buscaram a ele e M'Baku na floresta. Naquele instante, estavam de guarda, caladas e imóveis. Abriram-lhe caminho com as lanças apontadas para o chão.

T'Challa suspirou e entrou no Palácio Real, onde o ar de pronto se tornou mais fresco. Tochas nas paredes a cada poucos metros iluminavam o caminho. O pai se levantou ao vê-lo.

– T'Challa – ele o chamou. – Bem-vindo, filho. Venha, vamos caminhar.

O jovem príncipe se alegrou por saírem do palácio. Era um lugar tão formal que, muitas vezes, ele se sentia uma criança parado diante do trono do rei.

– Nick Fury me contou tudo – disse o pai, afastando T'Challa do centro da cidade ao tomar a trilha para a floresta. – Por que não me contou essa ameaça? Por que não falou desse homem... Bartholomew Jones, e desses... Caveiras?

T'Challa se concentrou na terra da floresta sob seus pés.

– Não queria... incomodá-lo. O senhor disse que eu precisava aprender a liderar um dia. Tentei fazer isso.

– Tentar salvar M'Baku foi muito bom, T'Challa. Mas, às vezes, as pessoas escolhem o caminho errado, e não há nada que possamos fazer para desviá-las dele.

Caminharam em silêncio por alguns minutos. T'Challa inspirou o ar puro de Wakanda. Não percebera como sentira falta daquilo.

– M'Baku... – T'Challa precisava perguntar. – O que vai acontecer com ele?

– O pai decidirá.

– Mas o senhor é o rei. Pode escolher o castigo que achar mais adequado.

O homem parou no meio do caminho.

– Sou rei, mas não o pai de M'Baku. Ele falará com o filho primeiro, e depois declararei a minha decisão, caso seja necessário.

T'Challa repensou na traição, mas, ainda assim, lamentava por ele. Um dia foram bons amigos, mas M'Baku decidira ir atrás de poder e de respeito em outro lugar. E assim abalara a amizade que os unia.

Um mainá piou ao longe, e de algum outro lugar distante veio uma resposta.

– Nick Fury – T'Challa disse. – O senhor o fez vigiar-me o tempo todo. Pensei que confiasse em mim.

– E confio, T'Challa, mas você era um príncipe numa terra estranha. Eu teria sido um tolo se não pedisse a alguém que zelasse por você.

Ele tinha certa razão. T'Challa provavelmente agiria do mesmo modo numa situação reversa.

Depois de um momento, o pai voltou a falar:

– Esses seus amigos, Ezekiel e Sheila, agora sabem quem você é.

T'Challa sentiu-se constrangido, como se tivesse desapontado o pai.

– Eu precisava ser honesto com eles. Os dois me ajudaram e me seguiram o tempo todo. Não poderia enganá-los por mais tempo.

– Existem momentos em que precisamos seguir nosso código de honra, T'Challa. Creio que tenha tomado a decisão correta.

T'Challa sorriu.

Continuaram a andar e, enquanto seguia o pai na trilha pela floresta, T'Challa sentiu-se em paz. No entanto, o toque do relógio interrompeu os pensamentos dele. Baixou o olhar. *Quem poderia ser?*

Pressionou a face do relógio.

Para sua imensa surpresa, os rostos alegres de Zeke e de Sheila foram projetados diante dele.

– T'Challa! – Os dois exclamaram.

O príncipe olhou para o pai.

– Como eles...?

O Pantera Negra sorriu, um presente raro para alguém muito sortudo presenciar.

– Pedi a Nick Fury que fizesse uma entrega especial – explicou. – Agora vocês podem manter contato.

T'Challa voltou a olhar para o holograma dos dois amigos.

– Que coisa maneira! – Zeke quase guinchou.

– Acalme-se – Sheila o repreendeu.

– Acalme-se você – Zeke revidou.

T'Challa observou enquanto os dois se provocavam.

– Quando você vai voltar? – Zeke perguntou. – Bem que precisamos de alguns heróis aqui no bairro.

T'Challa sorriu e olhou para o pai, que ergueu uma sobrancelha e inclinou a cabeça para ficar no campo de visão.

– Nunca se sabe – disse ele.

Zeke engoliu em seco, os olhos arregalados.

– Esse é... Ai, meu Deus. É o Pantera Negra!

– O *verdadeiro* Pantera Negra – T'Challa acrescentou.

– Por enquanto – afirmou o pai.

– É tão bom ver vocês – T'Challa disse. – Desculpem-me ter partido sem me despedir.

– Tudo bem – Sheila comentou. – Nós entendemos. Mas temos uma pergunta.

– E qual é? – T'Challa perguntou.

Sheila sorriu.

– Quando vai ser a próxima missão?

AGRADECIMENTOS

Obrigado a todos da Marvel Press e do Grupo Disney Book pela oportunidade de trabalhar com este grande projeto. Uma palavra em especial para Hannah Allaman, uma editora fantástica com olhar aguçado e alma criativa. As suas ideias me ajudaram muito a vislumbrar melhor a história e, por isso, sou muito grato. Também gostaria de agradecer a Emily Meechan e a Tomas Palacios pelo apoio e pelo encorajamento. E ficaria em falta se não mencionasse meu amigo, o fotógrafo Erik Kvalsvik, cujo trabalho está presente na orelha deste livro e em muitos outros. Ele sempre consegue registrar o meu melhor ângulo. À minha família e aos amigos, muito obrigado pelo apoio entusiasmado. E à Júlia, desta vez, mais do que nunca.